KB135962

부서지는 삶의 지지대가 되어주는,
아내 H에게 이 책을 바칩니다.

함께 부서질 그대가 있다면

박형준

호밀밭

마음의 고고학자를 꿈꾸며

| 비록, 폐품이라고 하더라도

나는 구포에서 중학교를 다녔다. 당시에는 '폐품 수거일'이 있었는데 요즘처럼 쓰레기 분리수거와 배출이 제도화되지 않은 시절, 재활용 가능한 종이를 모아 매월 제출하는 날이었다. 쓰레기 분류배출을 일상화하고 그 수익을 교육복지에 사용하기도 했으니, 꽤나 의미 있는 사회운동이었다.

그러나 돌이켜 생각해보면 문제도 없지 않았다. 각 학급의 담임 선생님께서 제출 여부를 체크하고 폐품을 제대로 준비하지 않은 친구들은 매를 맞거나 혼이 나기도 해서, 폐품 수거일 아침에는 집집마다 '없는 종이'까지 끌어모아야 하는 웃지 못할 해프닝이 연출되기도 했기 때문이다.

어머니는 언제나 아들이 들고 갈 폐품을 직접 준비해 주셨다. 식당 장사로 지친 육신을 깨워 점심 도시락에, 폐품 준비까지. 자기 물건은 스스로 챙기는 '기특한 아들'이었다면 좋았을 텐데, 부끄럽게도 그런 '시근'은 없었다. 어릴 적부터 가부장적 생활구조에서 자란 내게 젠더감수성이 있을 리 만무했고, 그게 잘못이라는 걸 깨닫는 데도 꽤나 오랜 시간이 걸렸다.

그날도 어머니께서 챙겨주신 폐품 봉다리를 들고 학교에 왔는데, 전혀 예상치 못한 사건이 터졌다. 우리 반 '싸움 통', 아니 전교 '싸움 통'이었나? 아무튼, 그 '통/녀석'이 자기는 폐품을 가져오지 않고, 학급 친구들의 폐품을 한 뭉치씩 빼앗아 그날 제출할 분량을 채우고 있었다. 남중과 남고에서야 비일비재한 일일 수도 있지만, 도대체 이럴 거면 폐품 수집은 왜 하는 것일까, 하는 생각이 들었다.

사실, 이런 비판적 질문과 문제 제기는 위험하다. 왜냐하면 나로서는 도무지 감당할 수 없는 무시무시한 결과를 초래할 수 있기 때문이다. 못 준다고, 줄 수 없다고…… 나는 폐품을 주지 않고 버텼다. 전교 '통'인데도! 이후의 장면은 상상에 맡기겠다. 그런데 왜 그랬을까? 폐지 쪼가리라도 나눠줬으면 그런 야만스러운 일은 없었을 텐데, 왜 그랬을까? 폐품이 아까워서? 부조리한 권력에 대한 저항과 정의감 때문에? 말도 안 되는 소리다.

이보다 더 찌질하고 비루한 상황도 얼마든지 견디며 사는데, 도대체 왜 그랬을까? 지금 와서 생각해보니, 그 폐품은 그냥 쓰레기가 아니었다. 밤늦게까지 장사하고 새벽같이 일어나 자식의 폐품을 챙겨주시던 '어머니의 마음'이 담겨 있었기 때문이다. 모든 사물에는 물성物性이 있다. 한갓, 쓰레기라고 하더라도 함부로 강탈할 수 없는 게 있다. 마음이 담긴 물건이라면 더더욱 그러하다. 비록, 폐품이라 하더라도 결코 빼앗길 수 없었던 이유이다.

| 인문人文, 마음의 표정을 발굴하는

이 책의 서문을 보고, 어머니께서 마음 아파하실까 봐 그게 가장 큰 걱정이다. 그래도 용기를 내 케케묵은 기억의 부스러기를 들춰보는 것은, 아들이 공부하고 있는 '인문학Paideia'이 누군가의 마음을 이해하고 나누는 학문, 조금은 '사람다운 일'이라는 말씀을 드리기 위해서이다. 인문학은 우리 삶의 모순과 부조리에 대해 회의하고 질문하는 자기성찰인 동시에, 세상을 살아가며 차마 드러내지 못한 마음, 바로 그 마음의 표정을 발굴하는 고고학적 실천과 다르지 않다.

그래서 인문학자는 '마음의 고고학자Archaeologist'가 되어야 한다. 인문학을 공부하면서, 정작 그것을 왜 배우고 연구하는지 망각할 때가 많다. 인문학에 관심을 갖고 공부하는 이유는 무엇인가? 분명, 지금과는 다른 삶의 가치와 방향을 모색하기 위해서이다. 허나 그것은 사상의 구조를 학습하기 위한 것이 아니라, '마음'의 깊이를 이해하기 위한 대화 시도이다. 이른바 사상의 인문학이 아니라, 마음의 인문학을 지향해야 한다는 것. 인간 문명의 고양된 사상과 지적 성취가 소중하지 않다는 뜻이 아니라, 궁극적으로 인문학은 소외되고 배제된 삶의 자리를 비추는 마음의 촛불이 되어야 하기 때문이다.

그것은 누구에게도 말할 수 없는, 아니 말하기조차 어려운 비루함을 껴안은 채 부조리한 세상에 맞서는 마음/힘을 기르는 일이다. 우리는 그 역량을 감수성sensibility이라 부른다. 그렇다면 마음의 인문학은 '감수성의 혁명'을 목표로 한다. 감수성sensibility은 감성sensitivity과 달리, 말로 표현하지 못하거나 눈에 보이지 않는 것들을 가시화해 이해할 수 있는 능력자질ability을 포함하고 있다. 그래서 감수성이 충만한 사람은 남들이 보지 못하는 것에도 관심을 기울이며, 다른 사람이 쉽게 이해하지 못하는 타인의 슬픔에도 공감할 수 있다.

마음의 인문학을 통해 얻을 수 있는 것은 '차가운 지식'이 아니라, 나와 타인의 삶/관계를 새롭게 정초하는 '따뜻한 교류bridge'의 가능성이다. 이 책에서는 시, 소설, 전기, 연극, 번역, 비평을 비롯해 영화, TV 드라마와 예능, 만화와 웹툰에 이르기까지 우리가 일상생활에서 만날 수 있는 문화/예술 장르를 바탕으로 다양한 감수성의 영역과 주제를 이야기해 보았다. 〈1부. 감수성, 보이지 않는 것을 보는 눈〉, 〈2부. 브릿지, 단절된 역사/일상을 연결하는 힘〉, 〈3부. 공통성, 부서진 폐허를 복구하는 마음(들)〉, 〈4부. 시네마, 세계를 변혁하는 사유의 텍스트〉에 수록된 글은 그러한 고민의 연대기이다. 다만, 이 책을 목차 순서대로 읽을 필요는 없다.

한 가지만 더 얘기하자면, 개개인의 감수성을 증진하는 것만으로 우리 삶이 곧장 좋아지는 것은 아니다. 시대와 사회의 변화에 따라 감수성의 영역과 척도 역시 달라지는 까닭이다. 40대 남성으로서 매번 젠더감수성의 부족함을 느끼는 것이 그 방증일 테다. 그러므로 감수성의 지속적 갱신과 함께, 건강한 공동체를 만들기 위한 가치/제도 변혁에도 관심을 기울여야 한다. 물론 그것은 사회운동과 현실정치를 통해서만 구현 가능한 것은 아니다. 어쩌면 이것이야말로, 인문학의 최종 심급이기 때문이다.

마음의 인문학이란 부서지고 갈라진 삶의 박토薄土에서도, 후우~, 후~, 마음의 화로火爐에 다른 생의 숨길, 그 불가능한 것의 가능성을 불어넣는 생生의 의지이다. 그 작은 마음의 불씨를 다시 뜨겁게 지필 수만 있다면, 비록 우리가 가는 길이 멀고 험하더라도, 조금은 덜 외롭고 슬프지 않겠는가. 우리의 곁에는 함께 부서질 그대, 그대가 있으므로.

| 지역/지면, 우리가 딛고 설 사유의 땅

〈1부〉, 〈2부〉 〈3부〉에 수록된 글은 부산의 전통 있는 일간지 『국제신문』에 연재한 인문학칼럼이다. 2014년 3월부터 2019년 10월까지 횟수로 6년간 쓴 글이다. 긴 시간 동안 부족한 필자에게 소중한 지면을 허락해주신 『국제신문』과 독자분들께 깊은 감사의 말씀을 올린다. 〈4부〉에 실은 글은 부산영상위원회에서 발간하는 매거진 『영화부산』에 '문학평론가 박형준의 영화인문학'이라는 코너 등에 발표한 칼럼을 묶은 글이다. 〈1부〉부터 〈4부〉까지 각각 11편의 글을 보완하여 배치하고, 각 부의 마지막에 보유補遺에 해당하는 칼럼을 수록해 12편씩 균형을 맞추었다. 나머지 원고 출처는 다음과 같다. 「목숨을 건 하강」은 인터넷신문 〈레디앙〉에 초고를 발표한 후에 경남 김해의 시민인

문비평잡지 『종횡무진』에 수정보완해서 게재한 글이다. 「어린이날과 노예선」은 봉생문화재단에서 발간하는 『봉생문화』에, 「학자금대출과 도덕률」은 호밀밭출판사 블로그 '호밀담 게시판'에, 「마돈나의 역설」은 『영화부산』 리뷰 꼭지에 발표했다(※ 작가, 배우, 감독, 연출가, 연구자 등의 성함을 표기할 때 '호칭'은 생략했으며, 분석 대상이 되는 텍스트를 널리 알릴 필요가 있을 때는 작품의 제목을 그대로 표제로 삼기도 했다).

원고를 정리하다 보니, 대부분 부산에서 발간되는 매체에 발표한 글임을 확인할 수 있었다. 지역地域의 지면誌面 위에서 사람의 흔적과 역사를 발견할 수 있었고, 스스로를 돌아볼 수 있는 귀한 배움의 계기가 되었다. 부족한 점이 많지만, 내가 사는 곳에서, 내가 읽고 배운 것을 나누며, '마음의 고고학자'로 소박하게 살아가는 꿈을 꾸어본다. 자신에게는 엄격하고 타인에게는 너그러운 사람이 되라며 늘 그러한 길로 인도해주는 그대, 부족한 필자가 조금 더 나은 사람이 될 수 있도록 항상 따뜻하게 보듬어주는 그대, 언제나 언제까지나 나와 함께 부서져 갈 사랑하는 그대에게 이 책을, 이 작은 마음을 바친다.

2020년 여름이 깊어 가는 밤, 부산 동래에서

목차

3部 공통성, 부서진 폐허를 복구하는 마음(들)

4部 시네마, 세계를 변혁하는 사유의 텍스트

감수성,

보이지 않는 것을 보는 눈

1부

문학을 읽는 이유

가라타니 고진은 『근대문학의 종언』(도서출판b, 2006)이라는 책에서 문학이 예술사회학적으로 이미 그 수명을 다했다고 공식화한 바 있다. 문학 장르의 사회적 책무에 대한 고진 식의 사망 선고는 일본 사회와 문단만이 아니라 한국의 문학판에도 매우 큰 영향을 미쳤다. 그는 이제 문학이 전쟁이나 환경, 그리고 전 지구적인 경제 격차와 같은 사회적 문제를 입안하기 어려운 매체가 되었다고 말한다.

물론 이 말의 진의는 문학이 사회적 이슈를 소재화할 수 없다는 뜻이 아니라, 문학이 더 이상 정치적인 아젠다를 전파하거나 감당할 수 있는 대중적 미디어의 기능을 갖지 못한다는 사실을 의미하는 것이다. 시인이나 작가가 문학 작품에서 계급적 모순이나 경제적 불평등, 혹은 성차별이나 생태 파괴 문제 등을 소재로 삼을 수는 있지만, 그것이 1970~80년대의 문학(조세희의 『난장이가 쏘아 올린 작은 공』이나 박노해의 『노동의 새벽』 등)과 같이 강력한 사회적 효과를 발휘할 것이라고 기대하기는 어렵다.

그렇다고 해서 '문학의 종언'이 문학의 무용론이나 장르 폐기로 직결되는 것은 아니다. 왜냐하면 문학의 매스미디어적 기능은 상실되었을지 모르지만, 문학은 여전히 인간과 세계의 다양한 모습을 조망하고 감각하는 생활 매체의 역할을 수행하고 있기 때문이다. 그러니 문학은 비평적 담론이나 이론적 논쟁 속에서 산화될 운명은 아니다. 문학은 우리 삶의 다양한 결을 발견하고 그 모양을 창의적으로 조형하는 문화적 디자이너의 임무를 충분히 수행할 수 있다. 그것이 오늘날 문학의 성립 조건을 다시 묻는 이유이다.

시를 비롯한 문학이 지금도 우리에게 유효한 것은 사물의 본성과 타인의 마음을 섬세하게 독해할 수 있는 공감능력, 다시 말해 문화적 감수성의 활성화에 기여할 수 있기 때문이다. 그렇다면 감수성이란 무엇인가? 또 감수성은 우리 삶을 구성하는데 있어서 얼마나 중요한 것인가? 이탈리아의 자율주의 사상가 프랑코 베라르디 비포의 견해를 참조해볼 수 있다. 그는 감성sensitivity과 감수성sensibility을 구분하여 설명한다. 감성이 일상의 언어적 규칙과 통사적인 정보를 자동화하여 수용하게 하는 감각체계라면, 감수성은 일상적인 흐름 속에서는 보이지 않는 것들을 새롭게 감각하고 해석할 수 있는 감지능력을 의미한다.

감수성을 표기하는 'sensibility'는 'sensitivity'와 달리, 말로 하지 못하거나 눈에 보이지 않는 것들을 가시화하여 이해할 수 있는 능력자질ability을 포함하고 있다. 그래서 감수성이 충만한 사람은 남들이 보지 못하는 것에도 관심을 기울이며, 다른 사람이 쉽게 이해하지 못하는 타인의 슬픔까지도 섬세하게 감각할 수 있는 것이다. 우리 사회의 구성원들이 이와 같은 감수성을 지니고 있다면, 사회적 안전망의 바깥에서 쓸쓸하게 세상을 등지는 이들은 나타나지 않을 수도 있지 않을까. 물론 문학적 감수성이 뿜어내는 공감의 에너지는 타인의 변화를 강요하는 '계몽적 개조'가 아니라, 자신의 눈높이를 조정함으로써 타자의 삶에 가까워지고자 하는 '자기 혁명'을 지향한다.

작가와 일반 대중독자를 비롯하여 문학을 연구하고 비평하는 사람에 이르기까지 많은 이들이 문학은 죽었다고 말한다. 하지만 산소호흡기에 의지하여 생을 유지하고 있는 것은 거대한 대의를 매개하여 정치적 담론을 전파하는 문학적 기능일 뿐이지, 문학 그 자체는 아니다. 문학이 '끝장나버렸다'는 심각한 문제 인식 역시 낡고 고답적인 '근대 예술 장르로서의 문학'이나 '정치적 메신저로서의 문학'적 소임이 만료되었음을 알려주는 신호일 뿐, 문학의 비효용성이나 무가치함을 자조하는 목소리는 아니다.

우리는 생활의 현장에서 각자의 삶에 필요한 문학적 감수성을 계발하는 노력을 멈추지 말아야 한다. 문학을 읽고 쓴다는 것은 지루하고 건조한 일상의 감각체계에 독특한 삶의 진동을 부여함으로써, 자신과 타인의 관계를 새롭게 재편하는 문화적 의사소통 행위와 다르지 않다. 그러므로 문학이란 무엇이며, 그것이 왜 필요한가라는 질문은 문학의 본질과 특성에 대한 원론적 탐문이 아니라, '문학적인 것'을 어떻게 각자의 삶 속에서 재구성하여 공통의 문화적 자산으로 나눌 것인가 하는 문제와 결부되어야 한다. 우리는 이와 같은 문화적 실천을 기존의 문학적 통념과 구분하여 '삶으로서의 문학'이라고 부른다.

슬픈 인문학

며칠째 한 문장도 쓰지 못했다. 첫 인문학칼럼에 이어, 이번 글에서는 '작가란 무엇인가' 혹은 '작가는 무엇으로 사는가'라는 주제를 쓰고자 했다. 문학이라는 문자 미디어를 통해 우리의 일상생활에 새로운 가늠좌를 조형하는 이가 '작가'라는 존재이며, 이와 같은 질문이 동시대의 문학적 가능성을 되묻기 위해 반드시 필요한 작업이라고 생각했기 때문이다. 하지만 '세월호'라는 파국적 트라우마 앞에서 나는 어떤 말도 활자화할 수 없었다.

다시 생각해보니, 오늘의 비보悲報는 이미 예견되어 있었다. 세월호 사건은 한국 사회에 만연해 있는 부조리와 병폐를 제대로 반성하지 못한 어른들을 질타하듯, 대참사가 되어 우리에게 돌아왔다. 아직 꽃도 피워보지 못한 젊디젊은 생명의 봉오리가 어른들의 무관심과 무능력, 그리고 부실한 사회안전망 속에서 시들어버리는 모습을 마주한 순간, 나는 차마 고개를 들 수 없었다.

고백하자면, 나는 지난 인문학칼럼을 쓰기 위해 '생활고를 견디다 못해 세 모녀가 마지막 월세를 남겨둔 채 세상을 떠났다'라는 문장을 서두에 쓴 적이 있다. 사회적 이슈와 인문학의 가치를 적절하게 융합시키는 것이 독자의 관심을 끌 수 있는 좋은 글쓰기 방법이라고 생각하였기 때문이다. 하지만 착각이었다. 문장은 단 한 줄도 나가지 못했다. 그것은 타인에 대한 이해나 고통의 체화 없이 그들의 삶과 아픔을 간접적으로 기술하거나 재현하는 것이 가능하지 않았기 때문이기도 하지만, 그와 동시에 이들 사건을 글쓰기의 소재로 삼는 것에 대한 윤리적 의문을 스스로 해소하지 못했기 때문이기도 하다.

과연 작가나 비평가가 담아낼 수 있는 타자의 삶은 어디까지일까. 사진작가 케빈 카터의 예를 떠올릴 수 있겠다. 그는 <독수리와 소녀>라는 작품에서 기아로 죽음의 문턱에 놓여 있는 아프리카 소녀를 카메라에 담아냈다. 1994년 퓰리처상을 수상한 이 작품은 굶주림에 지친 소녀의 죽음을 기다리는 독수리의 시선을 포착해내 명성을 얻었다. 하지만 카터는 그 사진을 찍는 동안 소녀를 죽음으로 방치했다는 죄책감에서 자유로울 수 없었고, 결국 같은 해 자살하고 만다. 문학과 예술, 혹은 인문학은 생사를 건 약자의 투쟁을 기록하고 공유해야 하며, 또 그 장면과 순간을 기억하고 해석해야 할 책무가 있다. 하지만 자칫 작가와 비평가의 아름다운 문장 속에서, 혹은 그 기막힌 카메라의 시선과 렌즈 속에서, 정작 고통받는 이들의 삶은 전시되고 휘발되어버릴 위험 또한 없지 않다.

어느 시점부터 인문학은 사람의 결을 섬세하게 감각하고 이해하는 데 전력을 다하는 것이 아니라, 삶의 주변에 놓인 '독특한 사연'을 발굴하고 소재화해서 자본으로 전화시킬 수 있는 이야기 구조storytelling로 재생산하는 데 골몰해왔다. 그리고 각종 인문학적 의제와 콘텐츠를 통해 삶과 괴리된 교양Bildung을 축적하는 명분을 제공하는 데 만족하거나, 홀로 고고한 사유를 가꾸는 데 심취해 온 것이 사실이다. 사태가 이렇다 보니 정작 인문학적 사유와 글쓰기는 우리 현실의 모순과 부조리를 직파하는 데는 관심을 덜 두거나 초연할 수밖에 없었던 것이 아니겠는가.

그렇다면 지금 우리에게 요구되는 인문적 사유와 글쓰기란 무엇일까? 나는 우리 삶 전체를 주검의 전시장으로 만들고 있는 '무능력한 국가'와의 결별을 선언하는 사유와 글쓰기에서 작은 가능성을 찾는다. 이는 우리 삶의 상태를 지배하고 있는 국가를 새롭게 디자인해야 한다는 사실을 최고의 가치로 삼는다. 탈식민주의 비평가 주디스 버틀러는 'state'를 '상태'와 '국가'의 이중적 용법으로 설명하고 있는데, 여기에서 'state'의 중층성은 우리 삶의 '상태'가 '국가'를 벗어나서는 존속될 수 없다는 사실을 함축하고 있다. 그렇기에, 자기 생의 현재 '상태'를 개선하거나 변화시키기 위해서는 개인의 출세나 성공만이 아니라 '국가'의 모습을 제대로 디자인하고자 하는 노력 역시 병행되어야 하는 것이다.

인문학적 사유와 글쓰기는 우리 모두에게, 자신이 속한 국가를 바르게 설계하고 운용할 책임이 있음을 환기해주는 계기가 된다. 이것은 국민의 삶을 무참한 주검의 공판장에 방치한 이 무능한 '국가'와 그 공모자들과의 관계를 끝장내는 사유와 실천을 통해 매 순간 새롭게 생성되어야 할 과제이다. 하나, 안타깝게도 인문적 사유와 글쓰기의 현실 효과는 더디고 미약하다. 그래서 동시대의 인문학은 그 어느 때보다 아리고 슬프다. 아무것도 할 수 없다는 사실에, 그리고 우리의 아이들이 호흡할 수 있는 희망의 메시지를 공급해 줄 수 없다는 무력감에 아프고, 또 아프다.

마음의 거리

어느 날, 아내가 "나, 요즘 외롭다"고 말하였다. 그때, 나는 버럭 짜증을 내며, "내가 지금 옆에 있는데 뭐가 외롭노?!"라며 쏘아붙였다. 함께 침대 머리맡에 누워서 '외롭다'고 말하는 아내의 속내가 왠지 내게는 뜨끔한 지청구처럼 들렸기 때문이다. 하지만 아내는 대거리를 하지 않았다. 나는 그런 아내의 태도가 더욱 불편했다. 매사에 감정적이지 않고, 합리적으로 사고하고 판단하는 아내이다. 그래서일까? 아내의 그 말은 마치 나의 잘못을 문책하고 심문하는 것처럼 들렸다. 물론 그 바탕에는 바쁘다는 핑계로 가족에게 소홀한 남편으로서의 자격지심이 있을 터이다.

아내는 그 순간 나를 탓하지 않았지만, 그 작은 사건은 오래도록 나를 괴롭혔다. 공부해야 한다, 강의 준비해야 한다, 원고 써야 한다……, 언제부터인지 바쁘다는 핑계로 가족들과 함께 보내는 시간이 부족했던 것이 사실이다. 결혼 5년 차. 아내는 직장생활과 육아에 지쳐 있었고, 그날 저녁은 남편에게 따뜻한 위로를 받고 싶었는지 모른다. 나 역시 그것을 모르지 않았던 것 같다. 그런데도 왜 그런 말이 터져 나온 것일까. 아마 남편으로서의 책무를 다하지 못하고 있다는 미안함과 자책감에 더 과민반응을 하였던 것이 아닐까. '세상에! 문학을 공부한다는 사람이 어떻게 저렇게 반응을 할 수가 있지?'라고 생각하지는 않았을까? 옆에 누워 있는 것이 아니라 마주 보고 있었다면, 어이가 없다는 표정으로 한참을 쳐다보았을 것이다. 아, 그 생각을 하니, 지금도 얼굴이 달아오른다.

문학을 공부한다는 사람이 '물리적 거리'와 '심리적 거리'조차 구분하지 못하고, 상대방에게 오히려 화를 냈으니 어떤 꾸지람을 들어도 할 말이 없겠다. 문학, 특히 서사 양식을 대표하는 소설에는 '거리Distance'라는 개념이 있다. 이것은 자신(나)과 대상(사물), 혹은 자신(나)과 타인(너)의 간격을 이해하고 느낄 수 있게 해주는 서사적 장치이다. 하지만 소설에서의 거리는 물리적 거리가 아니다. 예를 들어, '엄마 찾아 삼만 리'는 실제로 '삼만 리'라는 물리적 수치를 표시하는 것이 아니라, 대상에 대한 절실한 그리움과 안타까움을 절절하게 표현하는 것이다. 다시 말해, 작품 속에 등장하는 인물과 인물, 혹은 인물과 대상 사이의 거리는 측정 가능한 지표를 초과하는 심정적 거리psychic distance인 셈이다.

주체와 대상, 대상과 대상 사이의 거리는 소설의 어조나 분위기, 더 나가서는 주제와 담론을 결정하는 데 있어서도 중요한 기능을 한다. 즉, 소설에서의 심리적 거리는 물리적 거리를 넘어선 미적 거리aesthetic distance를 지향하며, 그것이 소설(이야기)을 독해하는 데 필요한 서사적 자원과 단서를 제공하는 역할을 한다.

심리적 거리에 대한 감각이 타인을 이해하는 단서가 된다는 사실은 일상생활에서도 동일하게 적용된다. 사람은 신체와 공간이 아무리 가까이 있더라도 충분히 거리감을 느낄 수 있다. 그것은 마치 옆에 누워있는 아내가 허전함을 느끼고 외로움을 호소하는 상황과 다르지 않다. 아내의 외로움은 물리적 거리감이 아니라 심리적 거리감에 의해 촉발된 것이다. 그렇다면, 내가 아내에게 돌려주었어야 하는 말은 짜증 섞인 대답이 아니라, 바쁜 일상 때문에 함께 시간을 보내지 못하는 데 대한 미안함, 그리고 직장생활과 육아에 지친 아내를 위한 위로와 사랑의 메시지가 아니었을까. 그것이야말로 문학과 인문학에서 그토록 강조하는 공감의 언어, 다시 말해 주체와 타자의 심리적 거리를 좁히고자 하는 인문학적 실천이 아니겠는가.

이와 같이 타인과 사물에 대한 거리를 인식하고 그 간격을 당기고자 하는 노력은 인문학의 근본정신과도 무관하지 않다. 최근 인문학에서 유행하는 '공동체'도 좋고, '공통적인 것'도 좋다. 하지만 그 멋들어진 대의적 수사보다 더 중요한 것은 가까이 있는 이들의 마음을 감지하며 이해하고자 하는 노력이다. 그것은 나와 너, 혹은 너와 나를 벌려놓은 마음의 거리를 감각하는 일이 될 것이다. 문학과 인문학을 공부하다 보면, 어느 시점에는 그것을 왜 공부하는지 망각할 때가 많다. 우리는 도대체 왜 인문학을 공부하는 것일까?

시인 김수영은 “지식인이라는 것은 인류의 문제를 자기의 문제처럼 생각하고, 인류의 고민을 자기의 고민처럼 고민하는 사람”(「모기와 개미」)이라고 쓴 적이 있다. 지식인이 있기는 하지만 민중의 귀에 닿는 말을 하는 지식인이 없으니, 인문학적 지식과 문학이라는 것이 모깃소리만도 못하다는 뜻일 테다. 바꿔 말하자면, 타인의 말에 귀 기울이는 겸손한 태도가 인문학을 하는 이들에게 요구된다는 것이기도 하다.

서로를 뜨겁게 열망했던 그 시절과 같이, 누군가를 위해 위로와 웃음이 될 수 있는 소박한 문장 한 줄을 나누고자 하는 마음, 그 초발심을 잃지 않는 것이 인문학적 사유의 근본임을 잊지 말아야겠다.

분석주의에 반대한다

사람들은 이제 시를 잘 읽지 않는다. 시가 이렇게 독자들에게서 멀어진 이유는 무엇일까. 다양한 요인이 있을 수 있겠지만, 가장 큰 원인은 독자들이 시를 어렵게 느낀다는 점일 테다. 어떤 이는 시를 읽는다는 것이 마치 생소한 외국어 문제를 푸는 것과 다르지 않다고 말한다. 시는 '세계와 자아의 진리를 탐문하는 뛰어난 언어예술'이라고 아무리 부르짖어 보아도, 시를 읽지 않는 이들에게는 그 말이 선문답처럼 공허한 것일 뿐이다.

그렇다면 시가 이렇게 어려워진 것은 누구의 책임일까. 시를 어렵게 쓰는 시인(들) 때문인가, 그렇지 않으면 시를 쉽게 해설하지 못하는 평론가 때문인가, 그마저도 아니라면 시를 제대로 읽는 경험을 부여하지 못한 문학교사 때문인가. 그 누구를 탓할 문제가 아니다. 그보다는 오히려 시가 이렇게 난해하고 복잡한 예술 작품으로 인식되게 된 이유를 살펴보는 것이 더 중요할 듯하다.

우리는 어린 시절부터 시를 배워왔다. 하지만 시는 여전히 어렵다. 왜 그런 것일까. 시 읽기는 통상적으로 '감상-이해-평가'의 절차를 따른다. 시의 맛(운율과 심상)을 느끼고, 그 감각 속에서 각자의 의미를 찾고 평가하는 과정이 시의 일반적인 독서 과정이다. 하지만 시가 교과서로 들어와 객관적 지식이 되어버리는 순간, '감상-이해-평가'라는 시의 읽기 과정은 뒤섞이고 해체되어 버린다. 그것은 두 가지 양상으로 구체화된다.

첫째, '이해-평가-감상'의 순서로 시 읽기 과정이 역전되는 경우이다. 이 읽기 과정은 시를 자기 느낌과 생각에 의해 감상하는 것보다, 시어와 시행의 의미를 찾거나 해설하는 데 더 집중한다. 둘째, '평가-이해-감상'과 같이, 시 읽기의 과정 자체가 아예 파괴되는 경우이다. 이런 시 읽기 과정에는 문학사적 가치평가와 정답에 가까운 시의 해석(의미)이 이미 전제되어 있다. 그래서 이 읽기 방법/과정에 노출된 학생은 시의 의미와 사史적 의의를 기계적으로 전수받을 수밖에 없다. 즉, '이해-평가-감상'이나 '평가-이해-감상' 중심의 시 읽기는 주체적인 '감상'을 촉발할 여지가 별로 없는 셈이다.

아마 학교에서 시 교육을 받아본 사람이라면, '감상-이해-평가'의 절차보다는 '이해-평가-감상'이나 '평가-이해-감상'의 절차가 더 익숙할 것이다. 한용운 시인의 「님의 침묵」을 예로 들어 보자. 「님의 침묵」에서 '님'이 무엇을 의미하는가, 하고 묻는다면, 우리는 한 치의 망설임도 없이 '조국, 절대자, 연인'이라고 답할 것이다. 이와 같은 해석적 도식을 가능하게 하는 것이 '이해-평가-감상'과 '평가-이해-감상' 절차에 바탕을 둔 시 읽기 전략이다. 핵심 시어를 찾고, 그 기호에 대응되는 의미를 이미지의 다발로 묶어 기억하게 하는 방식인 셈이다.

우리의 문학교육은 이러한 시 읽기 방법(절차)을 '분석주의'라고 불렀다. 분석주의는 1950년대 이후 시 이해를 위한 과학적 방법이자 합리적 이론으로 자리 잡았다. 하지만 정확히 말해 이것은 분석주의가 아니다. 왜냐하면 그것은 독자나 학생의 주체적인 분석을 가능하게 하는 것이 아니라, 누군가에 의해 평가되고 분석되어 있는 결과를 요약하여 메모리 속에 저장하는 행위일 뿐이기 때문이다. 그렇다면 시를 꼼꼼하게 읽는 데 도움이 된다는 이 분석주의는 사실 '분석주의를 가장한 암기식 교육 방법'이 아니겠는가.

우리는 학창시절에 수많은 시 작품을 접하였지만, 자기 스스로 시를 읽거나 감상하는 경험은 가지지 못했다. 경험하지 못한 것은 두려움의 대상이다. 그래서일까, 시 읽기는 공포와 불안의 대상이 되어버렸다. 공포와 불안을 '일시 치유'하는 가장 효과적인 방법은 '회피'이다. 시 읽기의 막막함과 두려움은 그래서 시 읽기의 회피로 나타난다. 초등학교나 중학교 저학년 때 '감상-이해-평가'의 절차에 따라 시 감상 수업이 일부 이루어졌다고 하더라도, 그것은 고등학교의 입시교육 과정에서 모두 표백되고 만다. 이와 같은 시 교육 환경에서 학업을 마친 독자 대중이 어떻게 시를 즐겨 읽을 수 있겠는가. 그러니 우리는 분석주의에 단호하게 반대하여야 한다. 아니 정확히 말해 '분석주의를 가장한 암기식 시 교육'에 반대하여야 한다.

분석주의는 시 작품을 주체적으로 느끼고 이해하는 것이 아니라, 확정되어 있는 의미를 찾고 정답을 추론하는 시험의 과정으로 독자를 내몬다. 그래서 우리는 학교를 졸업한 이후에도 일종의 '정답 찾기' 강박증에 시달릴 수밖에 없는 것이다. 시를 읽을 때 정답을 찾으려는 강박 증상, 이것이야말로 '시 난독증'의 근본 원인이다. 그러니 우리 시대의 시 읽기는 우선 이 '정답(의미) 찾기'의 과정으로부터 자유로워질 필요가 있다. 시의 정답은 아예 존재하지 않거나, 혹은 각자의 마음에서만 겨우 성립될 수 있다는 '자기 믿음'을 가질 필요가 있다. 그것이 '시 난독증'으로부터 우리를 구원하는 '자기 클리닉'의 시작이 될 것이다.

인문학이라는 촛불

대학의 분위기가 심상치 않다. 이미 오래전 이야기이다. 신자유주의적 시장 경쟁 논리가 상아탑의 뿌리를 뒤흔들고 있으며 학문의 자유는 심각하게 위협받고 있다. 그런데 참 이상하다. 대학에서 인문학 관련 학과를 박대하는 것과 달리, 인문학 자체에 대한 수요와 열망은 여전히 높고 강하다. 모두들 '인문학의 위기'라고 말한다. 하지만 그러면서도 인문학에 대한 관심은 수그러들지 않고 있다. 오히려, '인문학이 언제 위기가 아닌 적이 있었느냐'는 듯, 우리 사회의 인문학 열풍은 지속되고 있다.

이런 현상을 어떻게 이해해야 할까? 조금만 교양이 있는 사람이라면, 너도 나도 인문학 강좌를 수강하고 또 인문학적 지식을 각자의 삶에 장착하고자 한다. 심지어 'CEO를 위한 인문학'도 있다. 그래서일까? 이제 인문학은 사회생활을 위해 항구적으로 '보충'하고 '교환'해야 할 신규 교양의 목록이자, 다시 업데이트해야 하는 프로그램처럼 느껴지기도 한다. 어쩌면, 이미 인문학은 '도구화'되어버렸는지도 모르겠다. 혹자는 인문학이 지친 현대인의 삶을 정신적으로 치유하는 역할을 할 수 있다면, 다소 '도구적인 성격'을 지니는 것이 무엇이 나쁘냐고 말할는지도 모르겠다.

하지만 인문학을 도구적 시각으로 이해하는 것은 생각보다 더 심각한 문제를 내장하고 있다. 왜냐하면 인문학의 도구화는 '경쟁'과 '성장'의 원리에만 충실한 자본주의의 병폐를 내면화하고 재생산하는 효과를 발휘하기 때문이다. 여기에서 자본주의의 폐해를 다 이야기할 수는 없다. 다만, 지금의 자본주의 체계가 사회적 소수자나 경제적 약자를 배려할 수 없는 생산/분배 구조와 착취 시스템을 내장하고 있다는 점만은 말할 수 있겠다. 그렇기 때문에 현대의 자본주의 체제는 어떤 방식으로든 수정되고 개선되어야 하는 것이다. 지난 대선에서 '경제 민주화'가 각 진영의 뜨거운 감자가 된 것도, 현재 복지와 연금 문제가 사회적 이슈가 되는 것도, 또 최근 서점가에서 토마 피케티의 『21세기 자본』(글항아리, 2014)이 선풍적인 인기를 끄는 것도 바로 그 때문이 아니겠는가.

그렇다고 해서, 인문학이 곧장 반자본주의적 혁명을 추동하는 선전 도구, 혹은 '혁명 전사'를 양성하는 입문 통로가 되는 것은 아니다. 이것은 마르크스의 『공산당 선언』과 『자본』을 읽는다고 해서 모두가 '공산당'이 되지 않는 것과 같은 이치이다. 이런 책들이 여전히 우리에게 소중한 울림을 줄 수 있다면, 그것은 공산주의 혁명에 대한 이론도, 혹은 복잡한 사회주의 사상 때문도 아니다. 오히려 이는 『자본』을 쓴 칼 마르크스의 저술 의도, 즉 '타인의 고통을 감각하는 마음' 때문일 것이다.

마르크스가 살았던 시기에는 어린아이들이 15시간 이상의 중노동에 시달렸다. 그러면서도 제대로 된 임금을 받지 못했으며, 그에 상응하는 복지 역시 누리지 못했다. 자본가는 노동자를 착취했고, 노동자는 자기 자신을 위한 노동이 아니라 자본가를 위한 잉여노동을 반복하며 살았다. 마르크스는 자본(가)의 착취가 아무 거리낌 없이 이루어지고 있는 당대의 사회·경제적 문제를 『공산당 선언』과 『자본』이라는 저술을 통해 풀어내고자 한 것이다. 그러니, 지금 우리가 다시 마르크스의 『자본』을 읽는 이유는 복잡한 인문학적 지식을 쌓기 위한 것이 아니라, 마르크스가 인식했던 사회적 불평등의 문제를 우리 시대의 관점에서 이해하고 감각하기 위한 것이라고 할 수 있다.

그렇다면 진정 인문학을 공부한다는 것은 무엇일까? 여러 가지 이유가 있겠지만, 우리가 인문학을 공부하는 것은 '사상'의 구조를 이해하기 위한 것이 아니라, '마음'의 구조를 이해하기 위한 것이다. 왜냐하면 인문학은 소외되고 배제된 이들을 비추는 지식의 등불 역할을 해야 하기 때문이다. 이른바 사상의 인문학이 아니라, 마음의 인문학을 지향해야 한다는 것. 인문학에서 얻을 수 있는 것은 '지식'이기도 하지만, 그 지식은 궁극적으로 나와 타인의 관계를 비추는 '마음의 촛불'이 되어야 한다.

인문학은 단순히 지식을 습득하고 축적하거나, 그 지식을 통해서 자기 삶만을 살찌우기 위한 것이 아니다. 그것은 성장과 경쟁을 강조하는 자본주의적 시각에 더 가까우며, 사람의 무늬를 탐구하는 인문학의 정신과도 맞지 않는다. 오히려 인문학은 우리 사회의 불평등한 구조를 이해하고, 그것을 내파內破하는 '불화의 시선'을 기르는 과정이다. 이 불화의 시선을 통해 사회적 불평등을 보다 공평하고 건강한 방향으로 변화 시켜 나가는 것이 인문학의 역할이다.

인문학은 지식을 통해 '타인'을 개조하는 계몽의 여정이 아니라, 자기 자신의 시각과 삶의 태도를 변화시키는 '자기 혁신'의 과정이다. 인문학은 타인을 이해하고 공통의 삶의 조건을 모색하는 '자기 혁명'의 길이며, 자기 갱신을 통해 우리의 삶을 점진적으로 변화시키는 지식의 실천에 가깝다. 지식의 램프로 우리 사회의 어두운 곳을 비추고 감각하는 것, 그것이야말로 인문학을 공부하는 진짜 이유이다.

채색과 착시를 넘어서

바람이 차다. 여러 가지로 마음이 복잡해 동래읍성으로 산책을 나간다. 복천박물관의 좁은 골목길을 지나 동래시장 쪽으로 돌아서니 조그만 '벽화마을'이 나온다. "여기에도 '벽화마을'이 있었네!" 부산의 '감천문화마을'이나, 통영의 '동피랑마을' 같이 유명한 벽화마을을 더러 다녀오기도 한 터라, 일상의 자리에서 만나는 '벽화마을'이 신기하기도, 반갑기도 하다. 한데, 가던 길을 멈추고 생각해보니, 앞서 말한 두 곳과 같은 관광명소가 아니라도 곳곳에서 벽화마을을 발견할 수 있다는 생각이 든다.

마을벽화 프로젝트는 도시재생 사업의 대표적인 성공 콘텐츠이다. 우수한 지역 관광자원으로 꼽히기도 해, 여러 지자체에서 공을 기울이는 사업 중 하나이다. 마을벽화 사업의 기본적인 가치와 방향은 낙후된 지역과 건축 공간을 '벽화'라는 예술행위를 통해 새로운 문화공간으로 창안하는 것이다. 이는 슬럼화된 지역공간에 삶의 활력을 불어넣는다는 측면에서 긍정적 효과를 기대할 만하다. 평범한 거주공간을 특별한 장소로 변화시키는 것, 또 추상적 공간을 구체적 삶의 장소로 전회 시키는 것. 이러한 도시재생 프로젝트의 가치는 저 유명한 에드워드 렐프의 저작(『장소와 장소 상실』)이나 이론을 인용하지 않더라도 쉬 짐작할 수 있다.

하지만 벽화마을을 바라보는 마음이 편치만은 않다. 처음의 사업계획과 달리 '관리 부실'로 방치되고 있는 벽화마을이 종종 있기 때문이다. 물론 그보다 더 문제적인 것은 '마을벽화' 사업에 근본적인 문제가 존재한다는 것이다. 전주 한옥마을과 자란마을을 예로 들어 볼 수 있다. 지난해 전주 한옥마을에 다녀온 적이 있다. 한국의 아름다움을 대표한다는 전주 한옥마을은 '계획 조성된 도시 공간'으로서 깔끔하게 정돈되어 있었다. 언제나 내외국인 관광객을 맞을 준비가 되어 있는 것처럼 말이다.

하지만 한옥마을에서 조금만 비켜서면 사정이 다르다. 오목대 쪽에서 큰 도로를 하나만 건너면 여전히 낡고 오래된 '슬레이트 지붕'의 집들이 줄줄이 늘어서 있다. 길 건너편의 자란마을이 대표적이다. 자란마을은 경사진 비탈과 빽빽한 골목 사이에 들어서 있다. 마치 주민 모두가 등을 맞대고 누운 형국이다. 물론 그것이 자란마을의 누추함을 상징하는 것은 아니다. 왜냐하면 자란마을은 그 나름의 삶과 사연을 가지고 있을 것이기 때문이다. 하지만 관광객들의 관심을 끄는 것은 자란마을의 실체나 속살이 아니라, 자란마을을 장식하고 있는 벽화들이다.

당연한 말이지만, 노후화된 건물에 밝은색을 입혀 활기 넘치는 삶의 자리를 만들고자 하는 도시재생 사업의 취지가 잘못되거나 나쁜 것은 아니다. 하지만 내 눈엔 어쩐지 전주 한옥마을의 '밝음'과 대비되는 자란마을의 '어둠'이 불편하기 짝이 없다. 자란마을 주민들의 삶이 어둡다는 뜻이 아니라, 도시개발과 도시재생 사업을 계획할 때, 이미 한옥마을은 '도시의 밝은 공간'으로, 자란마을은 '도시의 어두운 공간'으로 구획되어 버렸다는 뜻이다. 자란마을이 도시개발의 우선순위나 중심부에서는 소외되었을지 모르지만, 그 (원)주민들의 삶이 누추하거나 어두운 것은 아니지 않은가. 도대체 한국의 아름다움이란 무엇인가? 차마 이대로는 외국인들에게 보여주지 못하는 우리네의 모습은 무엇인가? 자란마을의 풍경을 채색하는 것은 어떤 착시효과를 목적으로 한 것인가? 무엇이 부끄럽고 불편하기에 그렇게 채색할 수밖에 없었는가? 과연 이런 물음은 비평가나 인문학자의 삐딱한 시선 때문일까? 아마 그렇지는 않을 것이다.

이는 전주 한옥마을과 자란마을의 경우에만 해당되는 것이 아니다. 부산 서면의 화려함을 등지고 있는 안창마을의 낡은 벽화가 그렇고, 남포동의 스펙터클에 맞서 자기 자리 찾기에 나선 감천문화마을 역시 마찬가지이다. 도시의 공간에는 밝음과 어둠이 공존한다. 그 경계를 가로질러 공통의 생활공간을 창안하고자 하는 노력이 도시재생 사업의 본래 취지이다. 하지만 최근 유행처럼 번지고 있는 마을벽화 프로젝트는 그곳에서 살아가고 있는 주민들의 삶을 침범하거나, 또 건강한 마을공동체를 와해시키는 투기자본의 유입 계기가 되는 경우도 더러 있다. 벽화마을의 곳곳에 붙어 있는 사생활 침해에 대한 경고 문구와 투기자본의 진입 소식은 이와 같은 징후를 보여주는 증례가 아니겠는가.

배옥주 시인이 "페인트를 뒤집어쓴 담벼락 위/천연색 인면조들 고개를 돌리고/청테이프로 함구한 유리는 끝내/눈길 한번 주지 않는다"(「감천문화마을」에서) 라고 쓴 것처럼, 마을벽화 프로젝트는 완성작이 아니다. 이제는 마을벽화를 통해 일회적 즐거움을 얻거나, '시내'와 '마을'의 경계를 나누고 분별하는 데서 한 걸음 더 나아가, 보다 통합적이고 공공적인 도시 공간의 가치를 고민해야 할 때이다. 그것이야말로 도시의 어두운 자리를 '채색'과 '착시'가 아니라, '소통'과 '만남'의 장소로 만드는 것일 테다.

안녕, 노스탤지어

윤제균 감독의 〈국제시장〉(2014)에 대한 대중들의 관심이 높다. 매주 흥행 기록을 갱신하고 있다니, 이제 〈국제시장〉을 특정 세대의 '회고담'이나 '추억의 부스러기' 정도로 치부할 수만은 없겠다. 영화이론이나 영화사에 대한 전문지식이 없다고 하더라도, 이 작품이 산업화 시대를 견인해온 아버지 세대의 삶과 애환을 질박한 영상언어를 통해 구현하고 있다는 사실 정도는 쉽게 알 수 있다.

〈국제시장〉의 기본 정조는 과거에 대한 향수, 즉 노스탤지어이다. 이 영화는 드라마 〈응답하라〉 시리즈나 영화 〈써니〉와 〈쎄시봉〉, 그리고 〈불후의 명곡〉이나 〈토토가〉와 같은 예능프로그램 등과 궤를 같이하는 복고 형식이다. 우리는 각자에게 부여된 세대 기억을 갖고 있다. 그래서 그 기억을 향유하는 행위 자체를 가치평가의 대상으로 삼을 수는 없다. 대중문화계를 강타하고 있는 복고라는 문화형식은 특정 세대를 겨냥하고 생산되는 것이 보통이지만, 때로는 각 세대의 경계를 가로질러 삶의 보편성을 정초하기도 하기 때문이다. 이 경우, 복고라는 형식은 세대론적 차이나 갈등까지도 초극하는 문화적 매개물처럼 보이기까지 하는데, <국제시장>은 이런 '복고-붐'의 효과를 톡톡히 누리고 있다고 말할 수 있다.

그러나 이와 같은 대중문화의 트렌드 분석은, 대중들이 왜 이렇게 복고적인 것에 열광하는지에 대한 사회심리학적 성찰을 보여주지 못한다. 잘 알다시피, <국제시장>을 보는 비평적 시선은 곱지 않다. 평론가들은 당대의 복고 열풍이 단순한 사회적 '현상'이 아니라, 일종의 사회적 '병리 증상'에 더 가깝다고 말한다. <국제시장>은 한국 근대의 역사적 맥락을 표백하거나 소거하는 퇴행적 문화행위와 다르지 않다는 것이다. 하지만 영화가 반드시 역사적일 필요는 없다. 또 역설적인 것이기는 하지만, 아무리 영화에서 역사/이념의 요소를 배제하고자 하더라도, 영화는 이미 특정한 역사적 조건과 이념적 스펙트럼을 내장할 수밖에 없다. 그러니 핵심 문제는 영화에 투영된 역사/이념의 반영 양상이 아니다. 그렇다면 우리는 <국제시장>을 어떻게 읽을 것인가.

윤 감독은 소박하고 가난한 이웃의 삶을 감지하고 육화하는 능력이 있다. 전작 <1번가의 기적>에서 보듯, 그는 구체적인 삶의 장소(철거 마을이나 피난 공간)를 영화의 배경으로 자주 호출한다. 이러한 작품 기획과 구성은 윤 감독 특유의 휴머니즘적 태도에 기반한다. 하지만 작가나 감독의 선한 창작 의도가 반드시 좋은 작품으로 완성되는 것은 아니다. 영화는 우리가 보고 싶어하거나 기억하고 싶어 하는 것만을 재현/반복하는 예술양식이 아님에도, <국제시장>은 선별된 과거의 기억을 시장에서 파는 상품과 같이 잘 포장해 전시하고 있다.

즉, <국제시장>은 과거의 시·공간을 회귀해야 할 아름다운 시간이나 장소로 환원해 표상하고 있는 것이다. 다수의 평론가가 이 영화의 역사성을 문제 삼는 것은 이 지점이다. <국제시장>은 과거의 시·공간에서 공적 기억을 삭제하고, 사적 기억만을 복원해서 낭만적 대상으로 재구성한다. 그러니 이 작품의 문제는 과거를 추억하고 회고하는 것 자체에 있는 것이 아니라, 우리가 어떻게 과거를 기억하고 또 나눌 것인가 하는 근본 문제를 탈각하고 있다는 데 있다. 자칫 잘못하면, 과거의 기억은 현재의 결여와 상처를 봉합하며 대체하는 '상징적 대리소所'가 되기 십상이다. 과거를 예쁘게 포장해 소비하는 경우, 역사적 기억과 같은 공적 시간은 소거되고 사적 기억의 향유만이 향락의 잔여물처럼 남는다. 이는 마치 돌림병과 같아서, 순식간에 감염 경로를 확대하며 우리의 일상으로 파고든다.

이러한 비판에도 관객들은 여전히 <국제시장>에 열광하고 있다. 그 이유는 무엇일까. 답은 간단하다. 지금 우리의 삶이 너무나 '살기 어렵기' 때문이다. 청년 실업은 매년 폭발적으로 증가하고, 노년의 시간은 가늠할 수 없는 상태에 처해 있으며, 경제적 양극화는 날이 갈수록 심화되고 있다. 우리는 지금 현재를 향유할 수 없고, 미래 역시 기약할 수 없는 척박한 생의 조건 속에 놓여 있는 것이다. 그렇다면 과거를 어떻게 기억해야 할까? 사적 기억을 통해 공적 기억을 표백하고 해소하고 말 것인가? 그렇지 않다. 〈국제시장〉을 보며 뜨거운 눈물을 흘리는 것은 억압적 삶의 구조로부터 자신을 해방시키는 일이 아니다. 그것은 짓눌린 감정의 일시적 해소이자 자기 연민일 뿐이다. 눈물이 그쳐도 세상과 자기 삶은 바뀌지 않는다.

그러니 우리는 동시대의 사회적 모순에 눈을 감는 비성찰적 로맨티시즘의 주술적 회귀를 멈추어야 한다. 왜냐하면, 과거의 기억을 사유하고 분배함으로써 공통의 삶을 발명하는 현재적 치열함은 과거에 함몰되어 있는 삶으로부터 스스로를 자유롭게 하는 데서 시작되기 때문이다. 그러니 잘 가라, 잘 가! 동시대의 삶을 병들게 하는 퇴행적 향수병Nostalgia이여!

덧셈 되지 못하는 삶

대한민국은 이미 다문화 사회로 진입하였다. 이제 다문화는 서양이나 일부 국가만의 독특한 문화적 현상이 아니다. 다문화가족포털 사이트 '다누리'의 통계자료(2014년 1월 1일 자)를 보면, 귀화자를 포함한 결혼이민자는 295,842명이며, 또 결혼이민자의 자녀는 204,204명에 이른다. 물론 이 통계자료는 몇 년 전의 조사 결과이니, 현재의 통계치는 이보다 훨씬 더 증가하였을 것이다. 그리고 이 사이트의 결혼이민자 통계에는 취업을 위해 체류 중인 이주노동자와 외국인 유학생 등은 포함되지 않았기 때문에, 다문화 사회로의 이행을 예증하는 실제 수치는 이보다 더 높다고 볼 수 있다.

하지만 우리가 주목해야 하는 것은 이주여성과 자녀, 그리고 이주노동자에 대한 '정확한 통계'와 '오차 없는 수치'만이 아니다. 왜냐하면 철학과 문학을 비롯한 인문학은 통계의 대상과 범위에 포함되는 이들을 위한 학문이나 지식만이 아니기 때문이다. 인문학은 오히려 이러한 국가적 통계의 바깥에 놓여있는 이들을 위해 존재하는 사고이자 학문이다. 각종 통계의 수치에 '포함'되어 있는 것처럼 보이면서 '배제'되어 있는 존재, 혹은 아예 국가-법률의 통계 수치 바깥에 놓여 있는 존재를 감각하고 감지하는 사고와 활동이 '인문학적인 것'에 더 가까운 것이다.

국가-법률의 통계 망에 '덧셈 되지 못하는 이들'은 누구인가. 그것은 우리 사회의 실정법 체계나 사회안전망 속에 가산될 수 없는 이들, 즉 계량적 기법을 동원한 국가의 법률적 통계(학)에는 포함되지 못하는 존재를 지칭한다. 예를 들면, 정치적·종교적 난민이나, 법외 체류 이주노동자와 이주여성 등이 여기에 해당한다. 이들은 실존하고 있는 존재이지만, 그 실존 여부를 인정받지 못하는 '투명인간'과 다르지 않다. 그래서 어떤 인권적 가치나 법적 안전망도 이들을 포함하거나 보호해 주지 못한다. 우리 사회의 많은 이주노동자와 이주여성은 '법외 체류'를 선택할 수밖에 없는 절박한 생의 조건에 처해 있다. 하지만 우리는 너무나도 손쉽게 이들을 '불법 체류'로 분류하고 실정법의 통계 바깥으로 쫓아낸다.

국민을 위한 국가의 인권, 즉 사회적 안전장치나 보호망은 실정법의 바깥에 놓여 있는 이들에게는 적용되지 않는다. 정작 인권이 필요한 이들에게 국가의 '인권'은 한없이 '무력'하기만 하다. 영화 〈반두비〉(신동일, 2009)는 이와 같은 상황을 잘 보여준다. 주인공 '카림'은 정식 취업비자를 가지고 입국한 외국인 근로자이다. 하지만 그는 이전 회사 사장에게 월급을 모두 떼이고 무일푼으로 고국에 돌아갈 처지에 놓이게 된다. 결국 체불된 임금을 받지 못한 카림은 '법외 체류' 상태를 선택할 수밖에 없게 된다. 물론 이것은 '강요된 선택'이다. 신동일 감독의 <반두비>는 취업비자를 승인받은 '법적 노동자' 역시 얼마든지 '법외(불법 체류) 노동자'로 재분류될 수 있음을 잘 보여주고 있다. 법의 테두리 바깥으로 추방되는 순간, 국가가 승인한 이주노동자의 통계에서도 동시에 삭제된다. 왜냐하면 국가의 법적 통계 바깥으로 튕겨나갈 경우, 이들은 곧장 '법외'적 존재이자 '치안'의 대상이 되기 때문이다.

세계적인 석학 지그문트 바우만은 생존을 위해 국경을 넘을 수밖에 없는 이주노동자를 전 지구적 자본주의의 '잉여 존재'(혹은 '쓰레기가 되는 삶'의 존재)라고 표현한다. 이주노동자는 자신의 정주 공간을 벗어나 세계 각지의 노동 현장을 배회할 수밖에 없는 존재이자, 종국에는 국민국가의 노동시장 바깥으로 '뺄셈'될 수밖에 없는 경제적 소모품에 불과하기 때문이다. 이들은 어느 나라에 입국하더라도 '정식 국민'의 라이센스를 부여받지 못한다. 그러니 이주노동자는 한국에 와 있으면서도 한국 국민은 아닌, 다시 말해 한국이라는 나라의 구성원에 '포함'(덧셈)되어 있는 것처럼 보이지만, 실제로는 '배제'(뺄셈)된 채 살아갈 수밖에 없는 존재인 것이다.

그렇다면 다문화 사회를 준비하는 우리의 자세는 어떠해야 할까. 통상, '다문화 사회'의 해법은 다양한 문화적 차이를 이해하는 데서 출발하는 것처럼 보인다. 하지만 유색인종이나 소수

문화에 대한 차별에서 확인할 수 있듯, 자칫 그 '차이'는 오히려 타자에 대한 '차별'을 생산하는 선험적인 잣대가 되기도 한다. 그러니 다문화적 사유와 실천은 우리와 다른 '차이'를 발명하고자 하는 분별적 인식이 아니라, 오히려 너와 나의 접지를 발견하는 공통성에 대한 사유로 재구성될 필요가 있다. 다시 말해, 개별적이고 특수한 것을 통해 서로의 '차이'를 결정짓는 '차이의 문화론'이 아니라, 개별적인 것 속에서 공통적인 것을 발견하고자 하는 '보편적 인류애愛'에 더 가까워져야 한다는 뜻이다. 이것이야말로, 국민국가의 법률적 통계에 덧셈 되지 못하는 이들을 감각하고 가시화하는 다문화적 사유와 실천의 토대가 아니겠는가.

자, 그러므로 이제, 통계의 바깥을 상상하라.

어둠의 심연 속으로

한준희 감독의 〈차이나타운〉(2015)을 보았다. 오늘 종강을 했으니, 이번 학기에 본 유일한 영화인 셈이다. 영화를 보는 시각과 방법이야 다양하겠지만, 이 영화에서 〈신세계〉나 〈황해〉와 같은 다이나믹한 액션을 기대하는 것은 잘못이다. 아니, 잘못이라기보다는 〈차이나타운〉을 제대로 음미하지 못하는 방법 중 하나이다.

자세히 살펴보면, 〈차이나타운〉은 관객과의 소통을 위한 서사나 장면으로 구성되어 있지 않다. 관객들이 어두운 극장을 빠져나가며, '도대체 하고 싶은 말이 뭐야?'라고 말하는 것은 그 때문이다. 하지만 그렇다고 해서, 이 작품이 정통 극영화의 형식에서 완전히 이탈해 있는 것은 아니다. 어린 시절 차이나타운에 버려져 불법 사채업자로 하루하루를 살아가고 있는 주인공 '일영'(김고은)이 '석현'(박보검)이라는 인물을 통해 새로운 세상을 바라보게 되거나, '엄마'(김혜수)에 의해 그런 '석현'이 죽임을 당하는 장면 등은 극영화의 일반적인 흐름에서 크게 벗어나 있지 않다.

그렇다면 관객들이 〈차이나타운〉에서 통속적 흥미를 느끼지 못하는 이유는 무엇일까. 그것은 아마도 〈차이나타운〉이라는 공간에 대한 사회적 통념 때문일 것이다. 한국의 문학과 영화에서 재현되고 있는 '차이나타운'은 외국인과 내국인의 정체성이 뒤섞여 있는 혼종 공간인 동시에, 고통과 폭력이 점철되어 있는 장소이기도 하다. 문학과 영화에서 '차이나타운'은 완연한 타자의 공간이다. 그래서 곧잘 차이나타운은 범죄의 장소로 설정되기도 한다. 여기에서 오해하지 말아야 하는 것은, 차이나타운의 실재적 이미지가 그렇다는 것이 아니라, 한국의 문학과 영화 텍스트에서 차이나타운을 슬럼화된 공간으로 재현하거나, 폭력과 범죄의 후경後景으로만 활용하고 있다는 사실이다.

이러한 경향과 달리, 오정희는 이른 시기에 단편소설 「중국인 거리」를 통해 '차이나타운'이 타자를 식별하고 분별하는 배제의 공간임을 정식화한 바 있다. 그녀는 이 작품에서 '차이나타운'이 고립과 불통의 장소이자, 가난과 상처, 만남과 이별, 추방과 배제, 그리고 삶과 죽음 등과 같은 '혼종적 부정성'으로 얼룩져 있는 공간임을 묘파하였다. 이것은 영화 〈차이나타운〉의 경우에도 마찬가지이다. 하지만 연약한 소녀를 차이나타운으로 이주시킨 소설 「중국인 거리」와 달리, 영화 〈차이나타운〉은 훨씬 더 어둡고 무서운 곳으로 관객을 데려간다. 이 작품에 등장하는 인물은 모두 우리 사회로부터 격리되거나 추방된 존재이며, 아주 작은 희망조차도 꿈꿀 수 없는 파괴된 존재이다. 한준희 감독은 이와 같은 인간 군상을 통해 〈차이나타운〉의 타자성과 부정성을 극대화하고 있다.

그렇다면 영화 속의 '차이나타운'은 도대체 어떤 공간인가. 두말할 것도 없이, 이곳은 특정한 지역이나 실제 장소를 의미하는 것이 아니다. 그렇기 때문에, 영화에서 현실의 차이나타운을 찾고자 하는 노력은 언제나 실패할 수밖에 없다. '차이나타운'은 상징 공간이다. 우리 사회에서 소외되어 있거나 고립되어 있는 어둠의 심연을 표식하는 상징적 '부표'가 차이나타운인 셈이다. 그래서 영화 〈차이나타운〉에서는 어떤 '희망'과 '밝음'도 발견할 수 없다. 여기에서, 명배우 김혜수의 연기는 더욱 빛난다. 그녀는 부서지고, 부서지고, 또 부서져, 결국 조각밖에 남지 않는 외로운 생의 터전이 '차이나타운'이라는 것을 온몸으로 보여주었다. 물론 주인공 '일영'은 절망적인 상황 속에서도 희망을 잃지 않고 살아가는 '석현'과의 만남을 통해 단 한 차례 '차이나타운'의 바깥을 상상하기도 한다. 하지만 '석현'이 '엄마'에게 처참하게 죽임을 당하는 순간, 그 짧은 희망 역시 물거품이 되고 만다.

이와 같이, 영화 〈차이나타운〉은 해피엔딩을 꿈꾸는 대중 관객의 통속적인 해석 지평을 철저하게 배반하고 있다. 만약 〈차이나타운〉에서 스펙터클한 액션과 경쾌한 추격신을 기대했다면, 그 관객은 큰 실망감을 느낄 수밖에 없을 것이다. 왜냐하면 이 영화는 우리가 사는 세상이 그렇게 희망적이며 낙관적이지 않다는 사실을 무한히 절망적인 화법을 통해 전하고 있기 때문이다. 〈차이나타운〉이 반복하고 대물림하고 있는 '절망적 생'과 '어두운 삶'

은 그래서 무척 불편하고 마주하기 힘들다. 하지만 그것이 영화의 의미를 퇴색시키는 것은 아니다. 오히려, 이 작품은 우리 사회의 가장 어두운 곳을 응시gaze하고 있다는 점에서 영화의 책무를 다하고 있다고 말할 수 있다.

소설가 황은덕의 아름다운 문장, "내 심장 깊숙한 곳에 자리한 어둠의 심연 속으로 택시가 빠르게 질주한다"(소설 「한국어 수업」에서)는 구절을 빌려 표현하자면, 영화 〈차이나타운〉은 우리 사회가 타자화해 놓은 심장 깊숙한 곳, 바로 그 어둠의 심연을 향해 질주하는 심미적 열차와 다르지 않다. 우리 모두가 마주하며 응시해야 하는 저곳, 저 어둠의 심연을 향해 영화, 문학, 예술, 인문학은 함께 달려가야 하리라.

비평이라는 균형 감각

무더운 여름, 장전동의 한 카페에서 '우리 시대의 비평가론'이라는 세미나가 열렸다. 내가 편집위원으로 참여하고 있는 문예비평지에서 개최한 행사이다. 시나 소설도 읽지 않는 시대에 '비평가론'이라니! 내가 들어도 참 기가 막힌 일이다. 물론 이는 문학 영역에만 국한된 문제는 아니다. 도대체 문학비평이라는 것은 왜 필요한 것일까, 또 이런 언어 행위는 우리 삶에 어떤 '쓸모'가 있는 것일까.

신경숙 소설가의 '표절 사건'으로부터 이야기를 시작하지 않을 수 없다. 담론의 추이를 보면, 신경숙 사건의 원인을 작가, 비평가, 출판가의 부당한 공모 관계로 이해하려는 시각이 많은 것 같다. 이른바 문학 권력 논쟁의 재연이다. 유명 작가와 메이저 출판사가 이윤 창출을 위해 상호 발전 '계약'을 맺고, 이를 상징적으로 공증하는데 비평이 악용되었다는 비판이다. 부산지역을 중심으로 제출된 1980년대의 '서울중심주의 비판'이나, 1990년대 신세대 비평가들의 '문학 권력 비판'은 이러한 맥락을 잘 보여주는 문학사적 사건이다. 문학계의 지정학적 포석이 '서울'을 중심으로 부당하게 선先배치되어 있으므로, 그것을 전복하여 공정한 문학 생태계를 복원해야 한다는 주장이다.

하지만 서울중심주의 비판이나 문학 권력 논쟁의 '결과적 공허함'에서 확인할 수 있듯, 신경숙 소설가의 표절 사건을 개인의 부도덕함이나 문단 권력의 문제로만 몰아가는 것은 그리 현명한 처사가 아니다. 왜냐하면 이러한 문제 설정은 스스로를 중심과 주변, 다수와 소수, 정의와 불의, 가해와 피해라는 이분법적 프레임 속에 투영시키는 것이기 때문이다. 이런 의제와 담론은 자기 자신을 다수자의 폭력에 의해 상처입은 '선량한 피해자'로 손쉽게 둔갑시킨다. 이를 '피해자 코스프레'라고 한다면, 다소 가혹한 말이 될 것이다. 하지만 피해자 서사의 확장성은 '돌림병'(슬라보예 지젝)과 같아서, 우리 내부의 '자기 성찰'과 '자기 갱신'을 포기하게 만든다. 오직 자신들만이 피해자라는 주장은 그래서 참으로 위험한 것이다.

그러니 신경숙 사건을 우리 내부의 '후진성'과 '낙후함'을 방어하는 문학적 알리바이로 삼아서는 안 된다. 정말 우리는, 신경숙 작가의 대안 없고 자기 성찰 없는 '감상적 치유술'에 열광한 적이 없는가. 또 메이저 출판사의 유혹과 명망을 뒤쫓지 않았는가, 혹은 그것을 비평적으로 방조하거나 묵인하지는 않았는가. 특히, 중심부의 논리를 비판하면서도, 노벨상 수상자가 없는 한국 문학계의 결핍을 '스타 작가'의 육성을 통해 단숨에 극복하고자 하지는 않았는가! 이러한 '자기 성찰'과 '질문'이 선행된 후에야 우리는 비로소 신경숙 사건을 올바르게 마주할 수 있다. 왜냐하면 신경숙 표절 사건의 본질은 자기 성찰을 누락한 작가, 출판사, 비평가가 어떻게 '균형 감각'을 잃고 자기 내부로 침전되고 매몰될 수 있는지를 보여준 문화적 증례이기 때문이다.

그렇다면 비평의 탄착점은 부조리한 타인과 외부를 겨냥해야 하는 것이기도 하지만, 동시에 자기 내부의 윤리적 심장부를 겨누어야 하는 것이기도 하다. 그래서 에드워드 사이드는 비평가란 끊임없이 '자기로부터의 망명'을 시도하는 존재라고 말하기도 했다. 스스로에게 아무리 엄격한 사람이라고 하더라도, 자기 자신을 통어하고 성찰하기란 쉽지 않은 법이다. 그래서 작가에게도, 출판사에도, 심지어 비평가에게도, 자기 자신을 향한 '비평'의 가능성은 언제나 열려 있어야 한다.

물론 신경숙 사건의 교훈은 문학을 직업으로 삼고 있는 이들에게만 해당되는 문제가 아니다. 모든 사람이 전문적인 비평가나 문학 연구자가 될 필요는 없다. 그러니 정작 중요한 것은 전문적인 문예이론의 습득 여부가 아니다. 비평을 정의하는 방식은 다양하겠지만, 나는 비평이라는 언술 행위가 우리 삶의 '균형 감각'을 회복시켜주는 성찰의 과정이라 믿고 있다. 예를 들어 페미니즘 비평이나 퀴어 비평이 우리에게 소중한 울림을 주는 것은, 이러한 비평 이론이 패셔너블한 해석 방법을 제공하기 때문이 아니라, 여성과 성 소수자가 여전히 불평등한 사회 구조 속에 놓여 있다는 것을 다시금 사유할 수 있게 해주기 때문이다.

이와 같이, 개인의 삶과 공동체적 가치가 어느 한쪽으로 치우치거나 기울어지지 않도록 '생의 균형 감각'을 유지해주는 것이 비평이다. 도올 김용옥 선생이 『중용』을 통해 살아가는 법을 배우라고 이야기한 것과 같이, 비평은 우리 삶이 양극단으로 치우지지 않도록 균형을 잡아주는 평행수 역할을 한다. 하지만 비평의 균형 감각은 양적으로 균등한 상태를 의미하는 것이 아니라, 질적 균형의 회복을 위한 윤리적 실천을 의미하는 것이다. 위쪽을 갈망하면서도 아래쪽을 잊지 않는 겸손, 중심을 향하면서도 주변을 돌아보는 미덕, 바로 그 주저함과 머뭇거림이 동시대에도 여전히 비평을 읽고 쓰는 이유이다. 그렇기에, 우리는 지금 이 순간에도, 이렇게 묻고 또 되물어야 한다. 우리는 여전히 어떤 '주의ism'의 극단을 향해 달려가고 있는 것은 아닌가!

고양이를 부탁해

보슬비가 내리는 초가을 저녁. 고양이 다섯 마리가 화단 앞 벤치 아래에서 비를 피하고 있다. 평소 동물을 그렇게 좋아하는 것도 아닌데, 이날은 이상하게 고양이 가족에게 마음이 끌렸다. 아직 저녁을 먹지 못했는지, 보도블록 사이로 난 풀을 뜯는 모양새가 어쩐지 애처롭기만 하다. 내가 머뭇거리는 사이, 아내가 근처 가게에서 작은 소시지를 사 왔다. 소시지를 먹기 좋게 잘라서 나눠주는데, 어미 고양이는 계속 먹지를 못한다. 새끼 고양이 중에서 힘이 약한 녀석이 먹을 수 있도록 자기 몫을 양보하는 탓이다.

속 깊은 모정이 어찌 사람에게만 국한된 것이랴마는, 자꾸 제 먹을 것까지 빼앗기는 어미 고양이가 안타깝다 못해 답답하기까지 하다. 나는 억지로 어미 고양이에게 소시지를 넘겨주려고 하다가, 새끼 고양이의 날카로운 발톱에 손가락을 긁히고 말았다. 고양이 가족과는 아무 교감도 없던 내가 자신들의 영역을 침범했다고 생각한 것일까? 그 날카로운 골은 '야생'과 '문명'의 간극만큼이나 깊이 파였다.

하지만 그 사건이 나와 고양이 가족 사이를 갈라놓은 것은 아니다. 나는 몇 차례 더 그들과 조우하였고, 그중 두어 번은 집에 있던 햄을 잘라 딸아이와 함께 나눠주기도 했다. 그런데 고양이 가족은 어디에서 온 것일까. 나는 우연히 고양이 가족들이 집 앞의 벤치를 떠나지 않는 까닭을 알게 되었다. 아내와 내가 '고양이 커플'이라고 부르는 젊은 남녀 때문이다. 대학생으로 보이는 그들이 때때로 고양이 가족에게 사료를 주고 있었던 것이다. 고양이 먹이를 주는 시기가 정기적인지, 비정기적인지는 알 도리가 없다. 하지만 '고양이 커플'이 아파트 벤치 앞을 지나가는 날이면, 어김없이 일회용 은박접시가 벤치 위에 올려져 있었고, 그 속에는 고양이 사료가 놓여 있었다. 나 또한 사료를 주고 돌아서는 '고양이 커플'의 아름다운 뒷모습을 두어 차례 엿보기도 하였다. 정말 연인 사이인지는 알 수 없지만 '고양이 커플'의 행동에는 분명 배울 바가 있다. 그것은 동물을 상품이나 잉여가치로만 이해하고 전유해서는 안 된다는 인간중심주의에 대한 성찰과 반성이다.

잘 알다시피, 근대는 '동물적인 것'과 '인간적인 것'의 경계를 구획하며, 세계의 중심에 인간을 특권화하여 배치시켰다. 그 과정에서 본능적인 것은 '동물성'의 자질로, 비본능적인 것은 '인간성'의 자질로 분리하여 고양되어 왔다. 인간적인 것이 진보이자 역사의 미래이며, '자연(성)'과 '동물(성)'은 개발되거나 통제되고 훈육되어야 하는 대상이라는 논리가 세계사의 흐름을 장악하게 되었다. 이는 문명과 야만이라는 시각 속에서 개척과 투쟁의 역사를 반복해온 근대 이후의 제국주의적 맥락과도 맞닿아 있는 부분이다. 서구 근대의 '문화 culture' 개념이 자연을 가공하는 데서 출발하였다는 사실에서 알 수 있듯, 근대 이후의 동물은 생산과 재생산을 거쳐 식용의 대상이나, 애완의 대상이 되어버리기 일쑤였다. 물론 동물을 존중하고 사랑하며, 그들과 공존하며 살아가고 있는 이들이 없다는 뜻이 아니다. 이는 후기자본주의의 포획 구조가 개인의 도덕률을 넘어서는 문제임을 강조하는 것이다.

국경을 가르는 침략적 자본주의는 이윤 창출을 위해 동물까지도 사물화하거나 상품화하여 '거대한 식육食肉의 시스템' 속에서 유통시킨다. 즉, 전 지구적인 자본주의의 체제 하에서는 인간과 문화만이 아니라 동물 역시 마케팅의 대상이 되거나, 잉여가치 창출의 대상이 되는 것이다. 이러한 상황 속에서 인간과 동물의 공생공존을 기대할 수는 없다. 이를 성찰하고 극복하기 위해, 최근 많은 이가 『동물혼』의 저자인 맛떼오 파스퀴넬리에 주목한다. 그는 21세기의 대표 사상가인 질 들뢰즈를 경유하면서, '동물성'이야말로 후기자본주의적 질서를 전복할 수 있는 저항의 가능성이라고 말하고 있다.

특히, 그의 저서에서 사용하고 있는 '동물-되기'라는 개념은 무척 중요하다. 하지만 아쉽게도 '동물-되기'의 복잡한 사유와 정치/윤리를 여기에서 모두 설명할 수는 없다. 지금은, '동물-되기'가 인간과 동물 사이에 인위적으로 기입되어 있는 모순과 불평등, 다시 말해 인간중심적 사고를 해체하는 인문적 사유와 실천의 가능태임을 이해하는 것만으로도 충분하다.

어느 날부터 고양이 두 마리가 보이지 않는다. 새끼 고양이 세 마리만이 아파트 음식물 쓰레기통을 뒤지고 있을 뿐이다. 어미와 떨어진 고양이들은 처절하고 막막한 생존 전장에 던져져 하루하루를 연명하고 있다. 아마 어미 고양이는 유독 약했던 새끼 고양이 한 마리를 안고 밤새 병간호를 하고 있는지도 모르겠다. 우리 가족에게 '동물혼'의 중요성을 일깨워준 '고양이 커플', 그 아름다운 연인이 돌아오지 않는 밤, 다시 터벅터벅 가을비가 내리고……, 금이 간 창틀 사이로 훌쩍훌쩍 새끼 고양이의 울음소리가 들리는 듯하다. 마뜩지는 않지만, 오늘만큼은 신경숙 작가의 어법을 빌려 본다. 고양이, 고양이 가족을 부탁해.

우리 모두가 세월호이다

초여름 토요일 오후, 부산의 사상문화원에서 열린 김탁환 작가와의 북토크에 대담자로 다녀왔다.

세월호 희생자 인양에 참여한 고 김관홍 잠수사의 이야기를 중심으로 한 장편소설 『거짓말이다』의 독서콘서트였다. 당일 프로그램은 (소설을 연극으로 만든) 극단 '더THE'의 단막극과 김탁환 작가의 미니 강연, 그리고 대담 순서로 진행됐다. 당일 사회를 맡은 K형이 리허설을 본 후 자꾸 눈물이 날 것 같다고 하기에, 아무리 힘들어도 '어른은 우는 게 아니다'라고 말해놓고는, 정작 연극을 보는 내내 눈물을 훔친 것은 나였다. 아마도, 지금까지 내가 참가한 북토크 중에서 가장 힘겨운 자리가 아니었나 싶다.

세월호 사건 이후, 나는 여러 편의 세월호 관련 칼럼과 평문을 쓴 적이 있다. 하지만 글을 쓰면서 내가 느낀 것은 '문학이라는 건 한 없이 무력한 것'이라는 절망감과 패배감뿐이었다. 그 사실이 너무나도 힘들었다. 지금도 그 생각은 크게 변함이 없다. 다만, 사상문화원에서 『거짓말이다』라는 작품에 대해 이야기를 나누면서 새롭게 느낀 것은, 혹시라도, 문학이라는 발화 양식이 지금 현재에도 의미 있다고 말할 수 있다면, 그것은 문학이 무엇인가 대단한 문화예술이기 때문이 아니라, 우리가 '이리도 무력한 존재'라는 것을 처절하게 자각 시켜 주는 '고통의 형식'이기 때문이라는 생각이 들었다.

소설『거짓말이다』에는 이런 구절이 나온다.

"높이가 아니라 깊이를 아는 인간"

빛이 사라져버린, 어둡고 컴컴한 생의 심연. 그 밑바닥까지 내려가는 사람(들)이 있다. 그들은 단순한 잠수사가 아니라, 우리 사회의 지배질서와 기득권이 은폐해 놓은 사회적 진실을 인양하는 존재이다. 그래서일까? 지난 정부는 잠수사와 유가족에게 굉장히 가혹한 박해를 가하였다.『거짓말이다』에 등장하는 고故 김관홍 씨를 비롯해 많은 세월호 잠수사들이 지금까지도 죽음과 병마의 고통에 시달릴 수밖에 없었던 까닭은 그 때문이다. 어쩌면, 이들이야말로 부서지고 타락한 세상의 진실에 가장 근접한 존재라 말할 수 있을 듯하다. 적어도 이 순간만큼은 말이다.

김탁환 작가는 소설의 서사적 문법과 미학적 의장意匠을 포기해도 좋다는 결단과 각오로『거짓말이다』를 집필하여 완성하였다. 그는 세월호 참사를 다룬 장편소설을 쓰면서 "구상부터 출간까지 최소한 3년은 집중한다는 원칙"(「작가의 말, 감사의 글」)을 스스로 깨면서, 이 작품을 세상에 내보냈다.

우리는 누구나 밝고 환한 수면 위의 삶을 꿈꾼다. 그러나 어떤 이는 높고 푸르른 하늘을 등진 채, 어두운 수면 아래로, 아래로, 그리고 빛이 박탈된 심해 속으로 잠항하기도 한다. 그것은 검은 바닷속으로 들어가는 이들이 죽음과 병마의 공포를 느끼지 못하기 때문이 아니라, 난파된 세상의 구조 신호에 응답하는 '목숨을 건 하강'을 택했기 때문이다. 우리는 이를 '용기'라고 부르며, 또 그것은 "실종자 한 사람이 곧 하나의 우주"(거짓말이다, 185쪽)라는 마음의 연대를 실행하는 것과 다르지 않다.

그러므로 이 책의 핵심은 눈물이 아니다. 우리에게 필요한 것은 눈물의 망각을 넘어선 슬픔의 정체, 바로 그것을 마주하는 용기와 분노이다. 여전히 세월호의 진실은 인양되지 않았기 때문이다.

그러니, 그때까지, 수중에서는 눈물을 아낄 것. 눈물을, 아낄 것.

브릿지,

단절된 역사 / 일상을 연결하는 힘

2부

심야의 엔딩 크레딧

학교 일을 마치고 귀가가 늦은 밤. 아내가 심야영화를 보러 가자고 말한다. 예상하지 못한 제안에도 심드렁하게 반응할 수 없었던 것은, 그 영화가 위안부의 아픔을 다룬 〈귀향〉(2015)이었기 때문이다. 아내는 내게 심야의 데이트 신청이 아니라, 누군가의 '아픈 사연'을 함께 들으러 가자고 촉구한 셈이다.

사실 아내는 〈귀향〉과 같이 개인적·역사적 아픔을 다룬 영화를 잘 보지 못한다. 마음이 힘들어서 도저히 보지 못하겠다는 것이다. 그럴 때면, 삼류 인문학자 남편은 '타인의 고통을 대면할 수 있는 용기를 지녀야 한다'며, 대학 강의실에서나 통할 법한 '역사적 개인으로서의 윤리' 타령을 늘어놓곤 한다. 하지만 그 말이 얼마나 아내에게 절실하게 다가갔는지는 별로 생각해 본 적이 없다.

그래서일까? 몸은 지쳤지만, 함께 '귀향'을 보러 가자는 아내의 말은 일상의 고단함을 잊게 만드는 피로해소제 같았다. 자정을 넘긴 상영관의 관객은 둘뿐. 아내는 영화를 보는 내내 눈물을 훔쳤지만, 나는 마지막까지 눈물을 참았다. 마음을 때리는 장면이 없었기 때문이 아니다. 나는 실존했고, 또 실존해 있는 분들의 고통이 기록돼 있는 역사적 소재를 〈귀향〉이 제대로 그려주기를 간절히 소망했기 때문에, 눈물을 참으며 끝까지 스크린을 응시했던 것이다.

나는 이 영화를 미학적 차원에서 분석하는 것이 무의미하다는 점을 상기하면서도, 텍스트 내적으로는 다소 아쉬운 점들이 보여서 안타까웠다. 대표적인 부분이 위안소의 일본군 성폭력 장면을 전지적인 카메라의 시각을 통해 훑는 촬영 전략이다. 굳이 수잔 손택의 『타인의 고통』이라는 책을 인용하지 않더라도, 이 카메라 각도는 창작자의 선한 의도와 달리, 피해자의 '고통'을 '전시'하는 것으로 오인될 수 있기 때문에 더욱 신중했어야 하는 부분이다. 아니나 다를까, 영화평론가들도, 이 장면의 카메라 각도가 영상미학적 완성도를 떨어뜨리는 부분이라고 평가했다. 하지만 그러면서도 이 작품은 미학적 완성도를 넘어 그 '시도' 자체에 의미를 부여하여야 하는 역사적 텍스트라고 말하기도 했는데, 이는 〈귀향〉의 소재 자체가 지닌 역사적 의미와 무게감을 고려한 보완적 평가라고 할 수 있다.

그러나 사실 이와 같은 논평은 자기 모순적이다. 이러한 비평적 부조화가 발생할 수밖에 없는 것은, 〈귀향〉에 대한 평가가 지나치게 창작자의 입장이나 텍스트 내적 자질 분석, 혹은 콘텍스트적인 역사적 함의 부여에만 치중되어 있기 때문이다. 사실, 이 영화는 창작자의 의도나 작품의 내적 자질에 대한 해석과 평가보다, 수용자인 '관객'의 입장에서 새롭게 그 의미가 해석되고 덧붙여져야 한다. 왜냐하면 〈귀향〉이 이토록 큰 울림을 줄 수 있었던 것은, 이 작품의 미학적 완성도나 대중적 상품성 때문이 아니라, 타자의 아픔을 더불어 나눌 줄 아는 '생산자로서의 관객'이 있었기 때문이다. 〈귀향〉은 시민과 관객이 함께 만든 '공통의 생산물'이다. 그러므로 우리는 130분에 육박하는 눈물겨운 '귀향'의 과정 자체에도 주목해야 하겠지만, 동시에 이 영화가 언제 만들어졌고, 또 어떻게 세상에 나오게 되었는지 역시 중요하게 다루어야 한다.

잘 알려진 것처럼, 영화 〈귀향〉은 제작 14년 만에 개봉하였다. 투자자를 확보하기 힘들어 시민들의 후원을 통해 제작되었지만, 초기에는 개봉관을 확보하는 것조차 어려웠다. 이 영화가 동아시아의 예민한 정치적 폐부를 찌르고 있었기 때문이다. 하지만 속악한 현실정치의 논리나 자본주의의 위력도 〈귀향〉을 막을 수는 없었다. 그것을 잘 보여주는 증례가 이 영화의 엔딩 크레딧이다. 영화 〈귀향〉의 엔딩 크레딧은 피해자 할머니들이 직접 그린 '그림'과 이 영화의 제작에 참여했던 수많은 시민 후원자의 '이름'이 함께 겹쳐져 있다. 10여 분을 육박하는 〈귀향〉의 엔딩 크레딧은 그래서 단순한 자막의 나열이 아니라, 이 땅에 여전히 상처받은 영혼이 존재하고 있다는 사실의 기록이다. 또 그 처절한 역사적 시·공간 속에서 누군가는 아파했고, 현재에도 아파하고 있다는 절규에 귀 기울이고자 하는 '마음의 연대'이다. 그러므로 '귀향'을 만든 사람들은 연출가나 스태프만이 아니라, 타자의 고통을 함께 나누고 아파할 줄 아는 7만 5천여 명의 클라우드 펀드 후원자와 350만여 명의 익명의 관객 모두이다. 즉, 이 영화의 후원자와 관객은 <귀향>을 함께 완성시킨 또 다른 생산자(만든 사람들)인 셈이다. 그렇다면 이 작품에 대한 해석과 평가는 연출가의 의도나 작품 자체의 의미 해석을 초과하는 것이어야 한다.

영화가 끝나고 상영관의 문이 열린다. 아르바이트 학생이 마지막 심야영화 관객의 퇴장을 기다리고 있다. 하지만 우리는 눈치를 보면서도, 엔딩 크레딧을 끝까지, 끝까지 지켜보았다. 이것이야말로, <귀향>을 함께 만든 이들의 따뜻한 마음과 접속하는 인문학적 실천이라 생각했기 때문이다. 아르바이트 학생도 우리의 마음을 조금은 이해해 주었겠지? 집으로 가는 길, 아내와 함께 걷는 새벽 공기에서 온기가 느껴진다.

송곳이 찌른 것

〈송곳〉의 1막이 내렸다. 〈송곳〉(JTBC, 2015)은 최규석의 인기 웹툰을 드라마 콘텐츠로 재구성한 작품으로, 지난 해 화제가 되었던 TV드라마 〈미생未生〉(tvN, 2014)과 함께, 현대인의 취약한 생존 조건을 고발하고 있는 작품이다. 〈미생〉이 고졸 출신의 비정규직 사원이 겪는 차별과 소외, 그리고 고용 불안과 좌절을 묘사하고 있다면, 〈송곳〉은 아예 신자유주의적 자본주의가 유발하는 구조적 모순과 계급 불평등 문제를 전면화해서 다루고 있다.

물론 웹툰과 달리, 드라마는 훨씬 더 대중 친화적인 방식과 내용으로 제작되었다. 드라마 〈미생〉은 20부작이지만, 〈송곳〉은 12부작이다. 하지만 〈미생〉에 비해 〈송곳〉이 훨씬 더 도전적이고 실험적이다. 그 까닭은 두 드라마의 결말 구조에서 쉽게 확인할 수 있다. 〈미생〉의 결말이 장그래의 기적 같은 성공으로 당대의 새로운 '고졸 신화'를 창안하는 해피엔딩으로 '완결'되고 있다면, 드라마 〈송곳〉은 노동자의 저항과 연대가 어떻게 처절한 '실패' 속에서 재결집될 수 있을 것인지를 보여주는 '미완의 형식'을 취하고 있다.

그런데 참 이상하다. 한국에서는 '노동'이라는 키워드를 다루는 것만으로도 무엇인가 불편한 마음이 든다. 왜 그런 것일까? 노동운동을 하겠다는 것도 아니고, 노동조합을 결성하겠다는 것도 아닌데 말이다. 〈베테랑〉(2015)의 한 장면을 보자. 영화 속에서 현대판 '마름 역할'을 맡고 있는 '전 소장'(정만식)은 체불된 임금을 요구하는 '배 기사'(정웅인)에게 이렇게 소리친다. "그러게 왜 단체 가입들을 해서" 난리들이냐, "종북 빨갱이들이야?"라고 말이다. 스치듯이 지나가는 이 대사에서 화물기사(들)의 노조 가입이 일방적 해고와 폭력의 부당한 근거로 사용되고 있음을 확인할 수 있다. 그래서 이 컷은 분량상으로는 짧지만, 영화의 극적 갈등을 폭발시키는 중핵 사건으로 기능한다.

영화 〈베테랑〉에서 목격한 바와 같이, 한국 사회에서 노동조합에 가입한다는 것은, 종종 '개인'의 지적·도덕적 '선택'을 초과하는 각오와 전의戰意를 필요로 하는 일처럼 인식된다. 왜냐하면 노동조합원은 수구적 이데올로그의 공격과 다양한 현실적 고난을 동반하는 '이중의 고투' 상황에 처하기 때문이다. 즉 정당한 노조 활동조차도, 때로는 사적 불이익과 위험을 각오해야 하는 '필사적 결단'에 이를 수 있다는 것이다. 왜냐하면 노조 활동은 초국적 자본에 대한 적대적 선전포고이자, 일상적 삶의 공간을 전장戰場의 생존 공간으로 전회 시키는 국지전과 다르지 않기 때문이다. 하지만 어떤 사람도 자신의 삶을 전장의 참호로 만들고 싶은 이는 없다. 그렇기에 우리는 주저하고, 망설일 수밖에 없는 것이다. 그러므로 <송곳>에서 '이수인 과장'(지현우)이 주장하듯, 우리는 이 머뭇거림 자체를 비난할 수는 없다.

잘 알다시피, 유럽의 노동운동은 노동자가 '생산'의 본래 취지에서 벗어난 '노동'을 강요당하는 것을 막기 위해 시작되었다. 그것이 결국 기업에도 도움이 되기 때문이다. 물론 이러한 발상은 순진하기 짝이 없는 말이다. 기업은 '잉여 노동'보다는 '잉여가치'의 창출에 더욱 골몰하기 때문에, 노동자의 몸과 삶은 결국 착취의 대상이 될 수밖에 없다. 드라마 <송곳>은 이와 같은 현상을 유럽에서 온 대형 유통업체 '푸르미'를 통해서 잘 보여주고 있다. '푸르미'의 노조 알레르기를 생각한다면, '노동 문제'란 특정 개인의 도덕심에 호소해서 해결할 수 있는 문제가 아니라는 점을 단숨에 이해할 수 있다. 이 지점에서 '노동자 연대'의 필요성이 제기된다. 비록 절반의 승리에 불과한 것이기는 하지만, <송곳> 최종회는 노동자의 연대 가능성을 보여주고 있다.

물론 드라마 <송곳>이 시청자들의 눈길을 끌었던 이유는, 노동자의 연대 가능성을 실체화하거나 현실화했기 때문만은 아니다. 1980년대의 노동문학이 노동계급의 언어를 치열하게 재현해냈던 것과 같이, <송곳>은 동시대의 노동(자) 언어와 감수성을 훌륭하게 묘사해냈기 때문에 시청자의 호응을 얻을 수 있었다. 특히 <송곳>은 경직된 '투쟁 방식'에서 벗어나 노동(자) 공동체의 새로운 지평을 보여주었다. 이는 마지막회에서 잘 드러난다. “초국적 자본의 음모”에 맞서 투쟁하는 “각성된 선진 노동자”를 양성하기 위해 “총자본”과의 “일전”을 준비해야 한다는 ‘주소장’의 제안을 거절하는 이수인 과장의 태도는 이를 방증하는 예이다.

이와 같이, 〈송곳〉은 노동 “전사”를 양성하는 프로파간다적 문화 텍스트가 아니다. 〈송곳〉은 우리 자신의 계급적 위치를 재인식하는 ‘정체성의 언어’이자, 생존을 위한 ‘권리 언어’ 그 자체이다. 우리 사회가 추구하는 공동선善의 가치를 복원하기 위해서는 ‘노동의 종언’(제러미 리프킨)이 아니라, 다시 ‘삶/노동의 감수성’을 회복하는 것이 필요하다는 처절한 외침인 것이다. 이것이야말로, 진정 〈송곳〉이 뚫고 싶었던 우리 사회의 암울한 폐부肺腑가 아니겠는가.

사랑의 혁명

목요일 아침, 딸아이를 유치원 버스에 태워 보내고 서둘러 김해 서상동의 소리작은도서관으로 향한다. 인문학 독서모임 '인문마실'의 소설 읽기에 참여하기 위해서이다. 인문마실은 김해에 사는 여성들이 자발적으로 구성한 인문학 커뮤니티이다. 평소 좋아하는 K형과의 인연으로, 나는 겨울방학 동안 인문마실의 문학 튜터를 맡기로 했다. 새로운 인연을 만난다는 것은 떨림을 동반하는 행복한 접속이다. 하지만 낯선 만남에 대한 설렘보다는, 걱정과 두려움이 더 앞선다. 도대체 무엇을 읽고 이야기할 것인가.

메시지 수신음이 울린다. "어떤 책을 읽고 이야기하면 좋을까요?"라는 K형의 물음에, 나는 마치 준비가 다 되어 있는 선생처럼 응답한다. "겨울방학 동안 함께 읽을 소설집은 『일곱 편의 연애편지』(도요 2014)이고, 같이 이야기를 나눌 주제는 사랑입니다." 능청스럽게 말했지만, 사실 곤혹스럽기 그지없다. 왜 사랑인가? 아니, 왜 사랑이어야만 하는가? 이 독서모임은 사랑에 미숙한 이들을 위한 '사랑학개론'도 아니고, 또 사랑에 상처받은 이들을 위한 심리적 치유 공간 역시 아닌데 말이다. 나는 첫 모임에서 시 한 편을 함께 읽는 것으로 그 배경 설명을 대신했는데, 노혜경 시인의 '모든 사랑은 첫사랑'이라는 시가 그것이다.

이 시는 십 년 만에 나온 노 시인의 시집(『말하라, 어두워지기 전에』, 실천문학사, 2015)에 수록되어 있다. 그녀는 이 작품에서 "모든 글자들은 새로 쓴 글씨/글자와 글자 사이 빈틈을 찾아 새기는/최초의 얼룩//그렇게 모든 사랑은 첫사랑"이라고 노래하고 있다. 아마도, 첫사랑의 고결함과 순수함에 대한 판타지를 간직하고 있는 이들이라면 크게 반발할지도 모르겠다. 어째서 모든 사랑이 첫사랑이 될 수 있느냐고 말이다. 하지만 분노하기에는 아직 이르다. 이 시를 다시 섬세하게 읽고 나면, 이 작품이 첫사랑의 신성함과 숭고함을 훼손하기 위해 쓰인 작품이 아니라는 것을 단번에 알 수 있다.

노혜경 시인이 말하는 '사랑'은 남녀 간의 에로스나 값싼 정념의 부산물이 아니다. 그녀에게 사랑은 '나(주체)'와 '타인(타자)'의 관계, 혹은 우리를 감싸고 있는 '시간'과 '공간'을 새롭게 재편하는 변혁적 사건 그 자체이다. 이 말이 너무 어렵게 느껴진다면, 다음의 우스갯소리를 참조하면 된다. 우리는 사랑에 빠진 사람들이 종종 '세상이 아름다워 보인다'거나, '세상이 핑크빛으로 변한 것 같다'라고 말하는 이야기를 들은 적이 있을 것이다. 이는 분명 비합리적인 심리 현상을 표상하는 말이다. 세상이 핑크빛으로 변한 적은 없기 때문이다. 그럼에도 불구하고 이런 농담이 성립 가능한 이유는, 우리는 누구나 '사랑 전/후'의 세계가 질적으로 다르다는 점을 지각하고 있기 때문이다.

그렇다면, 사랑은 '나'를 둘러싸고 있는 '세상'의 물성 전체를 변화시키는 적극적 변혁 행위라고 말할 수 있다. 사랑은 과거와의 절멸 속에서 끊임없이 새로운 삶의 방식을 발명하는 일상의 봉기, 다시 말해 사랑은 통속적이거나 수동적인 정념의 덩어리가 아니라, 관성적인 삶의 방식을 절단하고 인습적인 생의 질서로부터 탈주하는 정동情動의 발현이자 폭발적인 사건 그 자체인 것이다. 사정이 이러하다면, 시인은 '모든 사랑은 첫사랑'이라고 선언할 도리밖에 없다. 마치 혁명 이후의 신세계가 그러하듯이 말이다. 물론 시인은 과거의 사랑을 추억하고 향수하는 것이 나쁘다거나, 아예 불가능하다고 말하고 있는 것은 아니다. 그녀는 사랑의 현재성과 진취성을 강조하고 있을 뿐이다.

여기에서 더욱 중요한 것은, 사랑이 개인(간)의 변혁적 가치에만 국한된 개념이나 의제가 아니라는 점이다. 사랑은 '나'와 '너'의 만남 속에서 새로운 관계를 구축하는 연대의 문제를 함축하고 있다. 우리는 사랑이라는 결속과 연대를 통해 지금까지와는 전혀 다른 사회적 시·공간을 생성해낼 수 있다. 알랭 바디우 역시 『사랑 예찬』(길, 2010)이라는 책에서 남녀 간의 사랑이 '진리를 생산하는 절차'라고 말한 바 있다. 그에 따르면, 사랑은 '나'와 '타인' 사이에 새로운 관계 접지를 구성하는 보편성에 대한 탐구 행위로 그려진다. 그렇기에 사랑은 서로의 '차이'를 넘어서는 '연대'의 잠재력을 발휘할 수 있는 것이다. '사랑', 저 참을 수 없는 혁명적 에네르기야말로, 개인과 공동체를 변화시킬 수 있는 '정동affect'의 기운이라 말할 수 있다.

물론 '혁명'이라는 말에 지나친 알레르기 반응을 보일 필요는 없다. 왜냐하면 사랑의 혁명이란 속류 현실정치를 지시하는 것이 아니기 때문이다. 이는 '현실 혁명'이 아니라, 감성 구조의 혁신을 의미한다. 지금까지 통용되거나 유지되어 오던 삶의 방식과는 전혀 다른 감성 체계를 직조해내는 감수성sensibility의 탈구축이 '사랑의 혁명'인 것이다. 이것이 바로 우리가 '사랑'에 대해 공부하고, 또 현재에도 열심히 '사랑'해야 하는 진짜 이유이다. 지금, 당신은 사랑하고 있는가? 만약 그렇다면 당신은 누구보다도 충실한 혁명가일 것이다.

변혁의 시그널

누군가 내게 상반기 최고의 문화 텍스트가 무엇이냐고 묻는다면, 나는 주저하지 않고 드라마 〈시그널〉(tvN, 2016)을 꼽겠다. 〈시그널〉은 16부작 종편 드라마로, 위대한 문학 작품이나 스펙타클한 영화 텍스트는 아니다. 하지만 이 드라마의 영상과 편집, 그리고 배우들의 연기와 메시지는 가히 압도적이다. 김은희 극본·김원석 연출의 TV드라마 〈시그널〉은 힘겹고 어두운 '유괴사건'으로부터 시작된다.

어느 날, 한 여학생이 비가 오는 학교 현관 앞에 우산 없이 서 있다. 주인공 박해영은 같은 반 친구인 김윤정에게 우산을 같이 쓰자고 말하고 싶었지만, 자신의 낡은 우산이 부끄러워서 이내 그녀를 지나치고 만다. 그리곤 다시 뒤돌아보았을 때, 김윤정은 빨간 구두를 신은 여성을 따라가는데, 그것이 소녀의 마지막 모습이다. 이렇게, 박해영은 '김윤정 유괴사건'의 유일한 목격자가 된다. 하지만 경찰은 제대로 된 단서를 찾지 못하고, 엉뚱하게 또 다른 남성 피해자를 범인으로 특정한다. 박해영은 용기를 내 경찰서를 찾아가서 사실 "범인은 남자가 아니라 여자예요"라고 호소하지만, 아무도 그 말을 들어주지 않는다.

그렇게 시간은 무감각하게 흘러 '김윤정 유괴사건'은 모두에게서 잊히는 듯했다. 하지만 그 사건의 진실이 완전히 묻혀버릴 것 같은 그 순간에, 과거로부터 알 수 없는 신호Signal가 도착한다. '김윤정 유괴사건'의 공소시효 만료 3일 전, 경찰이 된 박해영(이제훈)이 '경찰서 폐기물' 더미에서 자신을 부르는 이재한(조진웅) 형사의 '무전 신호'를 수신하게 된 것이다. 15년 동안 홀로 재수사 요청 피켓("제 아이를 죽인 범인을 잡아주세요")을 들고 있던 소녀의 엄마를 제외하고는, 대부분의 사람이 '김윤정의 죽음'을 잊어가고 있던 그때 말이다. 이 드라마의 시공간 구성과 서사 구조는 이 지점부터 복잡하게 뒤얽히기 시작한다. 이제 <시그널>의 극 중 시간은 순차적인 흐름에 따라 단순히 누적되지 않고, 다양한 인과적 사건과 관계 속에서 과거의 기억을 반추하는 형식으로 재편된다. 그리고 드라마는 극 중 인물과 시청자의 '망각'을 심문한다.

이재한 형사의 '무전'이 계기가 되어, 박해영은 '김윤정 유괴사건'의 공소시효 종료 이틀 전, 사건 해결의 실마리가 되는 남성의 백골 사체를 발견하게 된다. 하지만 극 중 악인인 김범주(장현성) 수사과장은 "미제사건"을 다시 들추는 것은 "경찰의 치부"가 될 것이라며, "경찰청 차원"에서 이 사건을 "종결"하고자 한다. '김윤정 유괴사건'이 다시 은폐될 위기에 놓인 것이다. 절체절명의 순간, 박해영은 사건 담당 형사인 차수현(김혜수)에게 따져 묻는다. "당신도 다른 형사들처럼 못 들은 걸로 할 건가요?" 여기에 차수현은 "아니, 잡겠다"고 답한다. 그리고 차 형사는 박해영과 협력하여 15년 전 유괴사건의 진짜 범인을 체포한다. 이 사건을 분기점으로, 박해영, 차수현 등은 경찰청 '장기 미제 전담팀'을 꾸리게 되고(실제로는 '좌천'되어), 과거에 발생한 '미제 사건(들)'을 재수사해 하나씩 해결해 나간다.

그러나 〈시그널〉의 진정한 미덕은, 실제 사건을 모티프로 하고 있는 '미제 사건'과 그것의 드라마틱한 해결 과정에만 있는 것이 아니다. 이 드라마는 장기 미제 사건의 뿌리에 우리 사회의 속악한 욕망과 현실 권력이 견고하게 자리 잡고 있음을 함께 보여주고 있다. 그래서일까? 드라마〈시그널〉은 16화에서 핵심사건('인주 여고생 사건')이 해결된 후에도 해피엔딩으로 종결되지 않는다. 우리 사회에는 여전히 풀리지 않은 의혹과 은폐된 사회부조리가 존재하고 있다는 듯이 말이다. 그렇다면, 배터리가 방전된 낡은 무전기에서 울리는 '시그널Signal'이란 도대체 무엇일까? 이는 그저 드라마틱한 구성을 위해 직조된 비현실적인 상상의 산물일 뿐인 것일까? 그렇지 않다. '망각'의 심연 속에서 '진실'의 가치를 인양하고자 하는 이재한 형사의 분투와 신호(시그널)란, 가치중립적인 시간 개념 속에서는 폐차될 수밖에 없는 사회적 부조리에 맞서는 '사회 변혁의 의지'를 상징하는 것이다.

〈시그널〉을 근래 보기 드문 수작으로 손꼽을 수 있는 까닭은, 이 드라마가 대중성과 작품성을 동시에 갖추고 있으면서도,

우리 사회가 망각하고 있는 '은폐된 진실'을 수면 위로 부상시키는 '문화적 텍스트로서의 임무' 역시 충실히 수행하고 있기 때문이다. 극중에서 이재한 형사는 잘못된 과거를 바꿀 수 있다고 말한다. 하지만 이 말은 절대적인 시간관념('과거')의 변화를 뜻하는 것이 아니라, 우리의 인식과 노력 여부에 따라 과거와 관계 맺고 있는 현재적 시간('현실')이 혁신될 수 있음을 함의하는 것이다.

어쩌면, 지금 이 순간에도 누군가 우리에게 '변혁의 시그널'을 보내고 있는지도 모른다. "과거는 바뀔 수 있습니다, 절대 포기하지 말아요"라고 말이다. 드라마는 끝났다. 하지만 이게 끝은 아니다. 분명, "다시 무전이 시작될 것"이다. 과연, 우리는 과거의 무전을 수신할 용기를 지니고 있는가.

판도라의 잔여물

지난주 기말고사를 마치고 '한국 영상매체와 스토리텔링' 수강생들과 영화를 보러 갔다. 세상이 온통 거꾸로 돌아가고 있지만, 그래도 함께 이야기를 나눌 학생들이 있어서 조금은 힘이 난다. 그래서일까? 매서운 추위에도 대학가의 끝자락에 위치한 영화관까지 가는 길은 따뜻하고 즐겁기만 하다. 이날 학생들과 같이 보기로 한 작품은 박정우 감독의 〈판도라〉(2016)이다.

잘 알려진 바와 같이, 영화 〈판도라〉는 함께 개봉한 〈부산행〉, 〈터널〉 등과 궤를 같이하는 재난 서사물이다. 이른바 '재난 3부작'이라 명명할 수 있는 이들 작품에서 공통으로 발견되는 모티프는 생명과 안전에 대한 국민의 '공포Fear'이다. 지그문트 바우만의 『유동하는 공포』에 따르면, '불안'과 '공포'는 구분된다. 일반적으로 '불안'이 예견 가능하거나 예측 가능한 것들에 대한 심리적 두려움을 의미하는 것이라면, '공포'는 측정 불가능하거나 인간이 통제할 수 없는 무차별적이고 불확실한 사건과 존재에 대한 '가늠할 수 없는 두려움'을 가리킨다.

그렇다면 공포는 개개인의 심적 연약함이나 미약한 정신 상태에서 발현하는 것이 아니다. 바우만이 이야기하고 있는 현대 사회의 공포란, 인간 이성의 취약성과 한계를 솔직하게 드러내는 철학적인 사건이자 시대적 증언이다. 주지하다시피, 인간은 도구적 이성에 기반한 과학기술의 진보를 통해 '자연'을 완벽하게 통제할 수 있을 것이라고 믿어 왔다. 그것이 바로 타당성과 신뢰성이라는 '객관적 수치'로 구축된 '근대성modernity'의 신화이다. 하지만 과연 인간은 세계와 자연의 질서를 통어할 수 있는가? 2016년 한국형 재난영화 3부작이 이러한 질문에 응답하는 방식은 그리 낙관적이지 않다.

먼저, 〈부산행〉은 자연과 세계의 흐름을 거스르는 인간의 오만함을 무자비한 형질 변형의 죽음 공포('인간'에서 '좀비'로)로 몰아넣으며 질주하고 있다. 다음으로, 〈터널〉은 국가 안전망 속에 포함되어 있는 것처럼 보이는 국민people의 일상이 어떻게 사회적 안전체계 바깥으로 배제되고 추방될 수 있는지를 잘 보여주고 있다. 마지막으로 〈판도라〉는 '원전(방사능)'의 위험을 예측하고 통제할 수 있는 '이중삼중의 안전장치'의 초토화 과정을 통해 영화를 보는 이들의 죽음 공포를 배가시키고 있다. 실제로, 체르노빌과 후쿠시마 원전 사례는 대중 관객의 파국적 공포를 더욱 현실화한다.

재난 3부작 중에서, 한국 사회에 내재해 있는 죽음 공포를 가장 충격적으로 묘사하고 있는 작품은 〈판도라〉이다. 물론 이는 '원전 폭발'과 '방사능 피폭'이라는 무시무시한 소재의 특징에서 기인하는 것이다. 인간에게 가장 무서운 것은 우리가 예측하거나 통제할 수 없는 존재/사건이다. 정말로 믿을 수 없는 것은, 수십 기의 원전이 인간이 완벽히 제어할 수 없는 통제불능의 재료('꺼지지 않는 불')를 사용하고 있다는 점이다. 원전의 핵심 자원은 눈으로 포착할 수도, 손으로 감각할 수도 없는 불확실한 대상이다. 〈판도라〉의 관객들이 죽음의 공포 속에 무방비로 노출될 수밖에 없는 것은, 우리의 일상을 위협하는 '원전 공포'의 형태와 정체를 도무지 확인할 길이 없기 때문이다.

바우만은 '죽음 공포'의 간접 체험을 구성하는 재난서사를 "교훈담"(혹은 "죽음의 공개 리허설")이라고 명명한 바 있다. 일부 평론가가 〈판도라〉의 문화적 성취를 '탈핵적 계몽 효과'로 꼽는 것 역시 재난서사의 이러한 주제적 효용성과 무관치 않다. 그러나 이 영화는 소재적 무게감에 비해, 선량한 교훈담을 넘어서는 미학적 치열함을 충실히 지속시키지 못했다. 영화 전개부의 강렬하고 폭발적인 이미지와 서사적 긴장은 가족주의를 토대로 한 재난 극복의 휴머니즘으로 해소되어 버리고 만다. 〈아마겟돈〉(1998)의 엔딩 장면을 연상하게 하는 주인공 재혁(김남길)의 멜로드라마적 죽음은 이를 방증하는 대표적인 예이다. 재혁은 '파국의 상자'를 열어버린 인간의 죄를 대속하듯이 드라마틱한 죽음을 맞이한다. 이 장면에서 〈판도라〉의 신파적 휴머니즘은 정점에 달한다.

물론 이런 텍스트 비판은 값싼 휴머니즘에 대한 조소가 아니라, '원전'으로 표상되는 한국 사회의 잠재적 공포를 화려한 영상이나 드라마로 소비하지 않으려는 반성적 사고에 더 가깝다. 인간의 오만함이 초래한 죽음 공포를 속죄적 눈물로 승화시키고자 할 때, 우리 사회를 통치하는 '진짜 공포'는 망각되거나 희석화('뜬소문')될 수밖에 없다. 중요한 것은, 다소의 미학적 한계를 고려하면서도, 이 작품의 대사회적 문제인식(탈핵)만큼은 충실히 이슈화할 필요성이 있다는 점이다. 〈도가니〉나 〈귀향〉의 경우에서 보듯, 대중영화는 미학적 성취 여부와 무관하게 사회변혁적 담론을 구성하는 현실적 계기로 기능하기도 한다. 인간에게는 이를 가능하게 하는 자유로운 비판 정신이 존재하며, 그것은 '집단지성'이라는 형상으로 우리에게 도래한다. 어쩌면, '판도라'의 상자에 남아 있을지 모를 '유일한 희망'의 잔여물이란, 아마도 그런 것이 아니겠는가.

재앙은 미묘하게

언제부터인가, 내가 사는 공동주택의 승강기에는 이런 안내문이 붙어 있다. '소음은 이웃에게 피해를 주는 행위입니다.' 이른바 '층간소음'에 대한 주의와 경고이다. 별다른 소란이 없는 것으로 보아, 이웃 간에 큰 분쟁이 있는 것 같지는 않다. 하지만 얼마 전 다른 지역의 한 아파트에서 층간소음 문제로 인해, 윗집 노부부가 사망하고 크게 다친 사건이 발생했다고 하니, 이를 쉽게 보아 넘길 수만도 없다.

오정희의 단편소설 「소음공해」는 이러한 주제를 함께 생각해 볼 수 있는 문학적 예가 된다. 이 작품은 현대 도시 생활인의 층간소음 문제를 간명하면서도 탁월한 서사 방식으로 풀어내고 있다. 국어 교과서에도 수록되어 있는 「소음 공해」는 중산층 인물의 뒤틀린 허위의식을 까발림으로써, 현대 도시인의 소통 부재와 이웃 간의 무관심을 폭로한다. 특히 이 작품은 우리가 공동의 가치와 규범을 추구하면서도, '자기 외부'의 타인에 대해서는 얼마나 무관심하고 무관용적일 수 있는지를 잘 보여주고 있다. 「소음공해」의 대강을 살펴보자.

이 소설의 사건과 갈등은 갑자기 위층에서 들려온 정체불명의 소리로부터 시작된다. 드르륵드르륵! 이 소리는 아래층 가족의 일상을 타격하고 침범한다. 주인공 '나'는 위층의 층간소음이 도저히 해결되지 않자, 견디다 못해 위층 집으로 직접 올라간다. 소설의 내외적 갈등은 이 장면에서 절정으로 치닫는다. 하지만 '나'는 교양 있는 중년여성이기 때문에(그런 인물로 성격화되어 있기 때문에), 감정적 폭언이나 물리적 폭력을 행사하지는 않는다. 그녀는 오히려 선물(슬리퍼)을 통해 위층의 잘못을 조곤조곤 타이르고자 한다. 하지만 '나'의 이러한 시혜적이고 계몽적인 태도는 엄청난 오만이자 착각이다. 왜냐하면 위층 현관문이 열리는 순간, "여자의 텅 빈, 허전한 하반신"과 "휠체어"가 나타났기 때문이다. 당연히, '나'는 슬리퍼를 뒤로 감춘 채 아무 말도 하지 못한다.

이와 같이 이 작품의 묘미는 인물의 성격화와 결말부의 반전이다. 그래서 '나'라는 캐릭터는 이야기 말미의 반전 효과를 배가하는 필연적 장치가 된다. 현대소설에 등장하는 인물의 성격화Characterization에는 우연이 개입될 여지가 거의 없다. 도입부에서, 주인공 '나'는 문화적 소양과 타인에 대한 배려심을 지니고 있는 캐릭터로 묘사된다. 그러나 결말부에서 보듯, 사실 '나'는 자기중심적인 생활가치와 규범을 타인에게 과시하는 쁘띠부르주아적 개인일 뿐이다. 여기에서 '나'의 고상한 가면은 철저하게 부서진다. 하지만 정말 중요한 것은, 「소음공해」의 결말부를 장식하는 통쾌한 반전이 아니다. 내가 이 작품을 경유하여 말하고자 하는 것은, '현대 도시인의 소외와 무관심'이라는 소박한 주제의 반복이 아니라, 층간소음 문제가 나와 타자의 '관계'를 새롭게 조형하는 근본적인 물음을 제기하고 있다는 점이다.

나와 타인 사이에 놓여 있는 '틈'을 표상하는 층간層間은 사회적 공간 개념이다. 게오르그 짐멜을 전유하여 이야기하자면, 층간은 나와 타인 사이를 구획하는 경계와 차이를 의미한다. 쉽게 말해서, 바닥(위층)과 천장(아래층)은 단순한 콘크리트 벽이 아니라, 나와 이웃의 경계를 식별하고 확정하는 공간적 차이인 셈이다. 현대인은 이와 같은 공간적 '단절'과 '봉쇄' 과정 속에서 자신만의 내밀한 삶의 영토를 구축한다. 이는 도시 아파트('층')와 시골 마을('담')의 경계를 비교해보면 명확하게 드러난다. 허영만의 『식객』(김영사, 2003)에서 「고추장 굴비」 편을 예로 들 수 있다. 이 작품의 공간적 배경이 되는 시골 마을의 '담'은 벽이나 경계가 아니다. 오히려 '담'은 이웃과 이웃 사이의 정情을 잇고 연결하는 중요한 소통의 창구이다. 이와 달리, 도시 공동주택의 '층(간)'은 타인이 침범할 수 없도록 차갑게 폐쇄된 '견고한 벽'으로서만 기능한다.

주지하다시피, 인간은 개별적 존재인 동시에, 사회적인 존재이다. 그래서 인간관계의 단절과 불신은 공동의 삶을 재앙으로 내모는 단초가 된다. 층간소음 문제는 단순한 주거 갈등의 일부가 아니라, 인간과 인간 사이의 '관계'가 파국으로 치닫고 있다는 묵시록적 징후일 수 있다. 안성호 작가의 웹툰 〈재앙은 미묘하게〉(네이버웹툰, 2014-2015)는 이러한 문제인식을 너무나도 잘 보여준다. 이 작품은 층간소음 문제로부터 촉발된 '나'와 '타인(이웃)'의 '관계 실패'가 어떻게 우리 사회 전체를 붕괴시키는 대참사catastrophe로 도래할 수 있는지를 묘파하고 있다. 실제로, 인간의 몰락은 저 먼 외계의 침공이 아니라, 오히려 아주 찌질하고 미묘한 '관계적 재난'으로부터 개시될 가능성이 높지 않겠는가. 공동주택의 층간소음 문제를 사적인 갈등이나 분쟁이 아니라, 타자와의 '관계'와 '소통'의 문제로 재인식하여야 하는 이유 역시 마찬가지이다. 지금, 나의 '이웃'은 누구인가? 어쩌면, 이러한 질문이야말로 공통의 삶을 정초하고자 하는 인문학적 실천의 가장 일상적 형태라는 점을 언제나 잊지 말아야 하겠다.

반짝반짝, 빛나는

지난주 학위수여식이 있었다. 대학생활의 긴 여정을 마치고 졸업하는 친구들에게 축하의 말을 전하면서도, 마냥 기뻐할 수만은 없다. 왜냐하면 지금부터 학생들이 직면하고 마주해야 할 세상은 그리 녹록하고 낙관적이지 않기 때문이다. 정치는 혼돈 상태에 빠져 있고, 경제는 파산 직전에 이르렀으며, 청년 실업은 극에 달했다. 이런 상황에 어떻게 선생이 사회 진출의 달콤한 전망만을 제시할 수 있겠는가.

최근 동시대를 살아가는 청년들의 고달픈 삶을 잘 묘사하고 있는 소설이 나와 주목을 끈다. 이정임 작가가 데뷔 10년 만에 출간한『손잡고 허밍』(호밀밭, 2016)이 그것이다. 아홉 개의 단편으로 구성되어 있는 이 책은, 경쟁 사회에서 생존하기 위해 끊임없이 자기 재능을 발명해야 하는 비정규화된 청춘들의 성장 드라마를 담고 있다. 작품집에 등장하는 인간 군상은 다양한 형태를 띠고 있으나, 핵심 소재는 동년배 청년들의 삶의 양상이다. 물론『손잡고 허밍』에 등장하는 인물은 대부분 '일등 청년'의 성장 모델이 아니라, 사회 진출에 실패하거나 취업에서 탈락한 이들의 절박한 모습이다.

이 중에서도 특히, 「반짝반짝, 빛나는」이라는 작품은 사회 진출을 목전에 두고 있는 학생들에게 소개해주고 싶은 작품이다. 이 소설은 1,900만 원의 학자금 대출을 지니고 있는 취업준비생 '나'('이 군')의 힘겨운 사회 진출 여정을 그리고 있다. '나'는 취업 준비 때문에 대학 졸업을 유예한 채 서른을 넘긴 휴학생이다. 그에게는 이 군, 백수, 취준생, 편의점 알바라는 다양한 이름이 기입되어 있지만, 그 어느 것도 '나'를 안정적인 삶의 영토로 진입시키는 데는 도움을 주지 못한다.

'나'가 처해 있는 취약한 삶의 알레고리는 「당신은 어느 별에서 오셨습니까?」라는 작품을 경유할 때 더욱 명확해진다. 이정임 작가는 청년 취준생 캐릭터를 마치 지구에 불시착한 '외계인'과 같이 묘사하고 있다. 그들은 자신이 속해 있는 사회 어느 곳에서도 공동체의 구성원으로 소속되거나 기능하지 못하는 '셈 바깥의 존재'이다. 프랑스의 저명한 정치철학자 자크 랑시에르는 국민국가를 유지하고 운영하는 내부 논리에 덧셈 되지 못하는 이들을 '내쫓긴 자outcast', 혹은 우리 사회의 공적 시스템 속에 덧셈되지 못하는 이들이라고 명명한 바 있다. 「반짝반짝, 빛나는」의 주인공이 "인간으로서의 자격"을 의심하고 자괴감에 빠지는 것은 그 때문이다.

흥미로운 것은, 시골에서 자란 주인공은 재래식 화장실에서 벗어나는 것이 "성공의 첫 열쇠"라고 생각하는 인물이라는 점이다. 이런 캐릭터 설정은 자기 몫과 자리를 부여받지 못한 청년 취준생들의 비정주성과 불안정성을 감각하게 하는 소설적 장치이다. '나'는 대학 입학 때 '오목한 좌변기'가 있는 원룸으로 입주했다. 하지만 취업 준비로 휴학이 길어지면서, 등록금 문제를 해결하기 위해 원룸의 보증금을 빼서 '재래식 변소'를 쓰는 산동네 쪽방으로 이사를 가게 된다. '원룸에서 쪽방으로의 이동'은 물리적 주거 공간의 변화만을 의미하는 것이 아니라, 청년 취준생에게 가해지는 열악한 생의 조건을 환기하고 상징하는 공간적 배경이 된다.

결국, 쪽방에서의 삶은 파국의 위기를 불러온다. '나'는 우연히 옆집에서 벌어지는 노름판에서 몇 차례 담배 심부름을 하게 되는데, 그 일이 꼬이면서 서류전형에 합격한 커피회사 면접일 아침에 경찰서로 붙잡혀 가는 위기를 겪게 된다. 점점 면접 시간이 다가오고, '나'는 노름판 심부름 값에 현혹된 자신을 질책하며 모든 것을 포기하려고 한다. 그 순간 늘 찌질하고 무능력하다고 생각한 세 번째 쪽방 아저씨가 나타나 극적으로 경찰서에서 풀려나오게 되고, 주머니를 다 털어 택시비까지 건네준 아저씨 덕분에 '나'는 무사히 면접을 마칠 수 있게 된다.

쪽방으로 돌아온 '나'는 면접 참가비로 받은 이만 원으로 아저씨에게 따뜻한 음식을 만들어준다. 그날 저녁 정지되어 있는 것처럼 느껴지던 장腸에서 신호가 온다. '나'는 너무나도 피하고 싶었던 쪽방의 재래식 변소에 앉아 "엉덩이에 힘"을 준다. 그 순간, 화장실 안으로 환한 가로등 불빛이 쏟아져 들어오고, '나'는 보잘것없고 쓸모없는 똥무지에서 반짝이는 '빛'을 발견한다. 이 작품의 에필로그가 함의하는 바는 분명하다. 누구나 벗어나고 싶은 삶과 시간이 있을 수 있다는 것. 하지만 그 속에도 분명 당신이 찾지 못한 '반짝반짝, 빛나는' 희망의 자원이 존재하고 있다는 것이다.

이와 같이, 이정임의 작품은 동시대 청년들의 처절한 생존 고민과 함께, 비루한 현실 속에서도 '사람-됨'을 잃지 않고 살아가는 것이 얼마나 중요한지를 잘 보여주고 있다. 책을 읽는 내내, 교문을 돌아나가는 학생들의 뒷모습이 겹쳐 보인다. 하지만 달리 해줄 말이 없는 못난 선생은 먹먹한 가슴을 누르며 소설 속 문장을 소곤거릴 뿐이다. "삶이 지속되는 한 배변 활동은 멈출 수 없다. 그러니 달빛 받아 반짝이는 내 삶들을 언젠가는 볼 수 있을 것이다. 반짝반짝, 빛나는 작은 별처럼."

다 함께, '무빙'

지난해부터 '웹툰으로 보는 사회문화'라는 교양 교과목을 개발해 운영하고 있다. 문학이나 영화를 통해 우리 삶의 다양한 모습과 변혁적 가치를 이야기하는 것도 의미가 있겠지만, 대학생이 가장 선호하는 스마트폰 콘텐츠인 '웹툰'을 통해 조금이나마 더 학생들과 소통하고 싶었기 때문이다.

웹툰webtoon은 '웹web'과 '카툰cartoon'이 결합된 신조어로, 디지털 인터페이스를 기반으로 해서 생산되고 향유되는 만화를 의미한다. 그러나 웹툰은 단순한 인터넷 만화가 아니라, '웹'이라는 온라인 플랫폼을 거점으로 기획되고 창작되며 소통하는 21세기형 서사 양식이다. 그러므로 활자화된 만화를 스캔해서 인터넷 공간에 옮겨놓는다고 해서 모두 '웹툰'이 되는 것은 아니다.

웹툰은 사용자가 손쉽게 접근하고 향유할 수 있는 감상 형식을 취하고 있다. 그래서 이를 '스낵snack형 콘텐츠'라고 명명하기도 한다. 그러나 독자층의 접근성이 높은 스낵형 콘텐츠라고 하더라도, 웹 환경을 토대로 전송되는 만화가 단순히 오락적 기능만을 수행하는 것은 아니다. 웹툰의 서사 구조와 장르는 무척 다양하며, 그 속에는 우리 사회의 다양한 이슈와 문화적 의미가 함축되어 있다.

얼마 전 신작 <브릿지>(다음웹툰, 2016-2017)를 발표한 강풀 작가를 예로 들 수 있겠다. 강풀이 새 작품을 내놓은 것은, 2015년 <무빙> 연재 후 정확히 2년 만이다. 소소한 일상의 에피소드를 통해 따뜻한 만남의 의미를 보여준 <순정만화>, 타인에 대한 무관심과 공포를 다룬 스릴러형 미스터리물 <이웃사람>, 광주 5·18의 폭력과 역사적 부채감을 그린 <26년> 등에 이르기까지, 그의 작품은 많은 독자의 사랑을 받았다. 그러나 우리가 강풀이라는 작가에게 주목하는 까닭은, 그의 작품이 발산하는 흥미성 때문만은 아니다. 강풀의 웹툰 텍스트는 일상적인 장면 속에서 끊임없이 '나'와 '타인'의 관계에 대해 질문하고 있다. 이는 기존의 작품(들)에서도 어느 정도 드러난 바이지만, 특히 근작 <무빙>(다음웹툰, 2015)에서 더욱 선명하게 확인된다.

<무빙>의 남자 주인공 '봉석'은 고등학생이다. 그에게는 중요한 비밀이 있는데, 그것은 공중부양할 수 있는 능력이 있다는 점이다. 그러나 봉석은 그 사실을 꼭꼭 숨긴 채 살아간다. 한국 사회에서는 일반인과 다른 신체 조건과 역량을 지니고 있다는 것이 때로는 '장애'처럼 인식되기도 하기 때문이다. 그래서 엄마는 아들의 다리에 각반을 채우고 살도 찌우며 공중부양이 되지 않도록 조심시킨다. 여자 주인공 '희수'의 경우도 마찬가지이다. 그녀는 몸에 난 상처가 금방 회복되는 초자연적인 능력을 지니고 있

다. 하지만 희수 역시 그러한 초능력을 감춘 채 살아간다. 왜냐하면, 그녀의 특별한 능력이 다른 이들에게는 '괴물'의 형상처럼 묘사되기 때문이다.

여기까지 보면, <무빙>이라는 작품은 황당한 판타지물이라고 생각하기 쉽다. 그러나 다소 비현실적 요소를 서사적 장치로 사용하고 있긴 하지만, 사실 이 작품은 굉장히 '리얼'한 정세적 조건을 바탕으로 하고 있다. 그것은 봉석과 희수가 자신의 능력을 숨긴 채 살아갈 수밖에 없는 이유에서 확인된다. 봉석과 희수의 아버지는 모두 국정원의 북파공작원이다. 초능력을 가진 두 북파공작원은 사랑하는 사람을 만나 국정원을 그만두고자 하지만, 국가는 그들을 놓아주지 않는다. 그래서 두 가족은 국정원의 추적을 피해 숨어서 살 수밖에 없는 것이다. 봉석과 희수의 고립되고 폐쇄적인 삶은 결국 분단국가의 이념적 대결과 국제정치적 상황에 의해 결정된 셈이다. 물론 강풀의 <무빙>은 주체('나')를 구속하는 공동체의 조건 제시에 그치지 않고, 현대인의 관계 의미 자체를 새롭게 사유하고 있다.

주인공 봉석과 희수는 고등학교에서 만나게 된다. 그리고 각자의 고단한 사연과 숨겨진 능력을 공유하면서 점차 가까워진다. 둘은 아무에게도 말하지 못하는 내적 비밀을 나누고 공유함으로써, 세상과 단절된 고립적 상태에서 벗어날 수 있는 계기와 가능성을 발견하게 된다. 여기에서 강풀의 따뜻한 작가 의식이 부각된다. 세상을 살아가다 보면, 누구나 가슴 속에 '말할 수 없는 비밀' 하나씩은 지닌 채 살아간다는 것. 하지만 그것을 극복하는 중요한 방법은 비밀을 은폐하는 심리적 방어기제가 아니라, 누군가 한 명쯤은 그 사연을 이해하고 공감해주는 사람이 있다는 마음의 '든든함'을 얻는 것이다. 즉, 우리를 구원하는 것은 어두운 밀실에 자신의 상처를 격리시키는 폐쇄적 행위가 아니라, 그것을 이해하고 보듬을 수 있는 마음과 마음의 '움직임(무빙 moving)'인 것이다.

프랑코 베라르디 비포는 타자와의 그러한 관계 맺음을 '결속'이라는 용어로 표현했다. 결속의 '브릿지bridge'를 놓는 마음의 무빙. 타자를 향한 무한한 마음의 움직임(무빙)이야말로, 현대 사회를 살아가는 이들에게 필요한 생의 자원이자 구원의 방식이 아닐까. 그러므로 다시, 다 함께 무빙!

군함도, 일상이 된 지옥

김해 장유의 독서클럽 '다독다독'에서, 한수산 작가의 『군함도』(창비, 2016)를 함께 읽었다. 영화 〈군함도〉(2017)가 스크린 독과점과 역사왜곡 논란으로 이슈가 된 탓인지, 먼저 출간된 소설 『군함도』 역시 상당한 주목을 받았다. 그러나 한 작가의 『군함도』는 영화의 원작은 아니다.

이 작품은 27년에 걸친 현장 취재와 자료 조사, 그리고 수차례의 텍스트 개작을 통해 완성된 역사소설이다. 두 권으로 구성된 이 책의 분량은 1,000쪽에 육박한다. 군함도는 일본 나가사키항에서 18km 떨어진 미쓰비시광업소 타까시마탄광의 하시마분원을 지칭한다. 소설은 조선이 일제의 강압적 지배를 받던 시기 중에서도, 본격적인 강제 징용이 이루어진 국가 총동원령 이후를 집중적으로 조명하고 있다.

1920년대까지만 해도, 조선인을 회유하고 동화시키고자 했던 일본의 태도는 중일전쟁과 태평양전쟁 발발 후 급변한다. 물론 1920~30년대에도 조선인에 대한 차별과 수탈이 없었던 것은 아니지만, 일제 말기에 이루어진 박해와 탄압과는 비교할 수도 없다. 한수산의 『군함도』는 1945년 8월 나가사키 원폭 직후까지를 이야기의 배경으로 삼고 있기 때문에, 일본의 전시 총동원체제 이후 발생한 조선인 강제연행의 폭력성을 확인할 수 있는 역사적, 문화적 사료가 된다.

이 소설의 주인공은 '지상'이다. 일제 말기에 '강제 노무징용'에 끌려온 인물로, 그는 자기 자신이 단 한 번도 징용에 끌려갈 거라고 생각해본 적이 없다. 스스로 충실한 일본 신민臣民이라고까지는 생각하지 않았지만, 일본어를 국어國語로 배웠으며, 정미소를 운영하는 자신의 아버지 역시 일제에 '협력적인 사람'이었기 때문이다. 그런데 정작 본인이 '인간 공출'의 희생자가 되면서, 지상은 그동안 깨닫지 못했던 근원적 질문에 직면하게 된다. 첫째, 조선인에게 '일본'이란 무엇인가? 둘째, 조선인에게 '국가'란 무엇인가? 셋째, 조선인에게 '국민'이란 무엇인가, 라는 물음이 그것이다.

고향 강원도를 떠나 지옥의 섬 '군함도'에 이르는 험로險路는 '여로형 소설'의 전형적 특징을 보여주는데, 이는 주인공의 자아 각성을 추동하는 서사적 장치이다. 지성은 도입부의 강제연행 과정 속에서, 자신이 나라 잃은 '망명자'이자 결코 제국 일본의 신민이 될 수 없는 '비非국민'적 상태에 처해 있음을 인지하게 된다. 특히, 국민국가의 바깥으로 '추방된 존재'로서의 자기 정체성은, 군함도에서의 위태로운 강제노동과 비참한 생활에 의해 더욱 심화되고 증폭된다.

그러나 정말로 주인공을 견딜 수 없게 만드는 건, 군함도에서 겪고 있는 가혹한 노동이나 열악한 생활환경이 아니다. 그보다 더욱 끔찍한 것은, 해저 탄광의 고단한 강제 노역과 비인간적인 삶이 어느 순간부터 자연스럽게 '자신의 일상'이 되어 가고 있다는 사실이다. 다시 말해—지상이 "하루하루 이런 나날에 길들여지는 자신이 몸이 떨리게 싫"으며, "익숙해져 간다는 그 자체가 견디기 힘들었다"는 장면에서 잘 드러나듯—, '지옥이 일상이 되는 삶'인 것이다.

고단한 징용 현장에 무슨 일상이 있느냐고 반문할 수 있겠지만, 그렇지 않다. 지옥 같은 세상에서도 사람은 살아간다. 지상은 아들 출산 소식에 숙소 동료들과 함께 소박한 축하연을 열기도 하고, 드문드문 조선에 있는 아내와 편지 왕래도 한다. 비록 조선인 강제동원 노무자를 위한 것은 아니었다고 할지라도, 군함도 내부에는 학교, 극장, 시장, 우체국 등의 생활공간 역시 마련되어 있었다.

하시마 섬은 일제 강제연행의 폭력과 억압을 증언하는 실체적 공간인 동시에, 어떤 '희망'도 없이 하루하루를 버티고 살아갈 수밖에 없는 일상의 표상이기도 했다. 미쓰비시광업소의 노무관리 시스템은 조선인 노동자의 시간과 공간을 조직하고 통제하는 방식으로 지옥을 일상화시켰다. 이 공간에서 스러진 조선인의 이름은 철저하게 지워졌다. 조르조 아감벤은 증언할 수 없는 것, 증언되지 않은 것에는 각기 '이름'이 있다고 말한 바 있다. '아우

슈비츠'에서 그 이름이 '무젤만(이슬람교도)'이었다면, '군함도'에서 그것은 우리가 잃어버린 수많은 무명無名의 조선인일 것이다.

아무리 약하고 이름 없는 식민지 조선의 백성이라고 하더라도, 지옥을 '일상의 풍경'으로 인정하며 살아갈 수는 없는 법이다. 그래서 '지상'은 군함도를 탈출한다. 흥미로운 것은, '지상'이라는 이름의 알레고리이다. 주인공은 '어둠-지하地下'의 터널을 빠져나와 '빛-지상地上'의 세계로 나아간다. 이 작품의 명명법命名法에는 작가의 주제의식이 집약되어 있는데 그것은 바로 인간의 비참한 삶이 일상처럼 지속되는 '지하 700m의 해저 탄광', 그 절망의 심연을 벗어나야 한다는 생生의 의지이다.

'군함도', 아니 '일상이 지옥이 되는 삶'을 통해 우리가 자각할 수 있는 건, 누군가를 지배하고 예속하는 식민주의적 삶의 상태에서 벗어나는 것이야말로 '인간적인 삶'의 시작이라는 사실이다. 지금, 우리의 일상은 자유로운가.

부산에서 만난 전태일

지난여름 한국작가회의 자유실천위원회에서 개최한 소규모 답사 프로그램에 참여한 적이 있다. '아름다운 청년 전태일, 부산에서 만나다'라는 행사이다. 어쩌면 처음이자 마지막이 될 '전태일 답사'를 따라가며 두 가지 의문이 들었다. 왜 다시 전태일인가? 그리고 왜 부산에서 전태일을 이야기해야 하는가이다.

고故 전태일은 1948년 대구에서 태어났으며 많은 시간을 서울에서 보냈다. 그의 전 생애를 놓고 보자면 부산과의 인연은 그리 길지 않다. 친동생 전태삼 씨의 회고담과 『전태일 평전』을 참조하면, 전태일은 한국전쟁 발발 후 가족과 함께 부산에 머물렀다. 그러나 그것도 잠시일 뿐, 그는 부친의 사업 실패로 인해 가족과 함께 서울로 상경한다. 전태일과 부산의 관계는 여기서 거의 끊어진 듯하다.

하지만 전태일은 다시 한번 부산을 찾는다. 바로 1962년 여름이다. 12살 전후부터 가족의 생계를 떠안고 삼발이 행상을 하던 전태일이 부산으로 '가출'을 한 것이다. '소년 전태일'에게 부여된 생계의 책무가 너무 무거웠기 때문일까? 전태일은 어린 시절 가족과 함께 살았던 부산으로 무작정 내려온다. 그러나 전태일의 '부산행'에 대해서는 거의 논의되지 않았으며, 또 회고담과 평전의 기억/기록 역시 착종되어 있는 부분이 존재한다.

다만 몇 가지 사실만은 분명하게 정리할 수 있을 듯하다. 부산과 관련한 전태일의 기억과 기록은 크게 두 가지라는 것. 먼저, 한국전쟁 시기 전태일이 유년시절을 보낸 장소가 '부산진역' 근처라는 사실이다. 다음으로 1962년 여름 14살의 소년 전태일이 부산행을 감행했다는 점이다. 이를 실제로 확인하기 위해서, '전태일의 부산 발자취를 찾아가는 답사'가 꾸려진 셈이다.

전태삼 씨의 안내를 따라 답사 참가자들이 도착한 곳은 동구 좌천사거리 인근에 위치한 철거 지역이었다. 현재 도시환경정비사업이 한창이라, 실제 전태일의 가족이 살았던 건물의 형상은 거의 찾아볼 수 없었고 겨우 집터만 발견할 수 있었다. 위로는 관문대로를, 옆으로는 가파른 철길을 두고 있는 전태일의 부산 집터는 그야말로 위태로운 모습 그 자체였다. 더 이상 사람의 흔적과 자취를 발견할 수 없는 철거 현장의 한복판에서, 노동자의 인권과 불평등 개선을 외치며 스러져간 '아름다운 청년 전태일'의 집터가, 그 흔한 표지석 하나 없이 역사의 뒤안길로 사라져가고 있었다.

그렇게, 황량하게 부서진 전태일의 부산 집터는 조각나고 찢어진 한국 노동(자)의 현실을 상징하는 듯했다. 사회 초년생의 대부분이 비정규화되거나 불안정한 삶/노동의 자리로 내몰릴 수밖에 없는 작금의 현실은 너무나도 막막하고 참담하다. 우리는 이런 세상을 과연 '건강한 사회'라고 부를 수 있을까. 지금도 여전히 '전태일'이라는 이름이 유효할 수 있다면, 그것은 '전태일'이라는 고유명사가 신화화되거나 우상화된 영웅적 형상이기 때문이 아니라, 누구나 차별받지 않고 평등하게 자기 노동의 가치를 존중받아야 한다는 사실을 새롭게 일깨워주기 때문이다. 즉, '전태일'이라는 이름은 급격한 산업화 과정에서 우리가 잃어버린 '노동과 인권의 권리언어' 그 자체인 셈이다.

이를 잘 보여주는 에피소드가 있다. 1962년 여름, 부산에 도착한 전태일은 자신이 살던 부산진역을 지나 무작정 영도를 향해 걷는다. 사흘을 굶은 전태일의 눈에 '누런 국화빵'이 들어온 것은 그때다. 빵을 굽는 주인은 16~17세로 보이는 단발머리 여학생이었다. 전태일은 너무 배가 고파서 그 여학생에게 동정을 구하고 싶었지만 여러 생각 끝에 그냥 지나친다. 그리고 영도다리 인근 바다 위에 '양배추의 속고갱이'가 떠 있는 것을 보고 바다로 뛰어드는데, 다행히 어부에게 구조되어 목숨을 건진다.

궁금한 것은, 사흘을 굶어 지칠 대로 지쳐버린, 심지어 바다에 떠 있는 양배추 조각을 건지기 위해 주저 없이 바다로 뛰어 든 전태일은, 왜 국화빵을 파는 여학생에게 동정을 구하지 않았을까 하는 점이다. 짐작하기 쉽지 않지만, 아마도 그것은 인간으로서의 최소한의 자존심이 아니었을까 싶다. 정말로 배고 고팠지만, 14세의 사춘기 소년 전태일은 차마 또래의 여학생에게 구걸하고 싶지는 않았던 것이다. 당장의 배고픔과 가난을 모면하고 해결하는 것보다 '인간의 존엄'이 더욱 중요하다는 사실을, 전태일은 이미 알고 있었던 것이다. 그가 평화시장에서의 가혹한 노동착취와 억압에 당당하게 맞설 수 있었던 힘이 바로 여기에 있지 않을까. 그래서 '근로기준법을 지켜라'고 외치며, 자신의 몸을 불사른, 한 청년의 말은 단순한 구호가 아니라 '인간의 존엄을 위한 권리언어'로 기억되어야 하는 것이다.

이처럼, 부산에서 만난 전태일은 지금도 우리에게 인간으로서의 존엄과 가치가 얼마나 소중한 것인지를 알려준다. 우리가 기억하고 있는 전태일은 '노동 열사'가 분명하지만, 동시에 그는 '강력한 투사'이기에 앞서 조금 더 나은 삶, 조금 더 빛나는 인생을 살고 싶었던 평범한 청년이었다는 사실 역시 잊지 말아야겠다.

잃어버린 역사의 분화구

1년간 부산 민주시민교육원에서 『화산도』(보고사, 2015) 읽기를 진행했다. 『화산도』는 재일조선인 작가 김석범 선생이 쓴 장편 대하소설이다. 1997년 10월에 완결된 이 작품은, 우여곡절을 거쳐 2015년에 전문이 번역되어 출판되었다. 1988년에 1부가 번역되어 출간되기도 했으나 완성된 작품이 독자들에게 알려진 지는 그리 오래되지 않았다.

한국어 결정판 『화산도』는 단행본 12권, 원고지 22,000장, 인쇄 페이지 5,456쪽에 이르는 방대한 분량의 역사소설이다. 이 작품은 1948년 제주 '4·3 사건'을 중심에 놓고 해방공간의 정치, 사회, 경제, 문화 등을 다채롭게 조망하고 있다. 비록 허구적 등장인물과 사건 구성에 기반해 있다고 하더라도, 『화산도』는 분명 한국 현대사의 핵심 장면과 시대적 전환을 포착하고 있는 '역사적 기록'이라 할 만하다.

혹시라도, 대하소설의 속도감 있는 문체와 드라마틱한 사건 전개를 기대한 독자라면 다소간의 배신감을 느낄 수도 있다. 작가는 4·3의 히스토리를 그런 방식으로 구성하고 있지 않기 때문이다. 그는 제주 도민의 독특한 언어와 풍습, 식민지의 친일 잔재와 배금주의적 세태 풍경, 그리고 이념과 욕망 사이에서 갈등하는 인간 내면을 섬세하게 묘사하고 있다. 이런 서사적 경향성을 일본 사소설私小說의 영향 관계로 해명하고자 하는 시도가 없지 않으나, 『화산도』를 일본 문학의 독법으로 읽는 것은 적절하지 않다.

이 작품의 주요 인물은 '이방근'과 '남승지'이다. 전자가 혼란스러운 세상에서 방황하고 머뭇거리는 지식인의 형상을 하고 있다면, 후자는 사회 변혁에 대한 열정과 순수한 인간미를 지닌 행동하는 지식인이다. 이방근은 남승지를 비롯한 지하조직 세력을 측면에서 후원하기는 하지만, 자신은 직접 게릴라 활동에 참여하지 않는다. 가족의 안위와 혁명의 당위 사이에서 갈팡질팡하던 이방근을 크게 변화시키는 것은 사상이나 이념이 아니라 '4·3 사건' 이후 발생한 제주 도민에 대한 무지막지한 학살과 토벌이다.

'4·3 봉기' 장면은 이를 방증하는 예이다. 미리 무장봉기 시점을 알고 있었던 이방근은 4월 3일 새벽 "섬 전체에 타오르는 봉화"를 목격한다. 하지만 그것이 전부다. 주인공의 시점에서 복원되는 무장봉기는 선술집 주인으로부터 사후 청취 된 이야기일 뿐이다. 이방근 자신이 체감한 성내城內 풍경은 조용하다 못해 적막하기까지 하다. 다시 말해, 김석범은 남로당 지하조직의 봉기 과정을 뜨거운 혁명적 열정이나 스펙터클한 민중의 승전보로 기록하지 않는다. 그래서 그 흔한 전투 장면 하나 없다. '4·3

사건'은 열두 권의 작품 중 전반부(4권)에 배치되어 있다. 이는 이 소설이 무장봉기 부분이 아니라, '4·3 사건 이후'를 서사적 절정으로 구성하고 있음을 보여주는 것이다.

그렇다면 『화산도』는 교조적 이데올로그의 정치적 도그마dogma와는 무관하다. 오히려 김석범은 제주 '4·3 사건'이 특정 집단의 이데올로기나 투쟁 기록으로 함몰되는 것을 경계하고 있다. 그는 냉정하고 균형 있는 시선으로 역사적 사건을 재구하고 있다. 그것을 확인할 수 있는 서술 전략이 다양한 인물 군상에 대한 심리 묘사이다. 작가는 이 작품에 등장하는 인물(들)의 욕망과 내적 갈등을 매우 치밀하게 그려내고 있다. 이는 부르주아 지식인 이방근에게만 국한되는 것이 아니라, 혁명전사 남승지의 경우에도 동일하게 적용되는 서술 방법이다. 남승지는 "혁명은 긍정하지만 인생은 없다"라고 자조하거나, 게릴라 조직의 규율 위반을 감수하면서도 방근 여동생과의 만남을 갈구하기도 한다. 인간의 욕망은 종종 이념적 당위나 정치적 신념을 초과하기도 하는 까닭이다.

이와 같이, 김석범의 『화산도』는 정교한 서사 전략과 균형감 있는 세계 인식으로, 우리 사회의 역사적 금기taboo에 도전한 작품으로 평가된다. 한반도 냉전 체제와 정치적 대결 구도 속에서는 감히 논할 수 없었던 제주 '4·3 사건'을 공론의 장으로 복기하고 복원한 이야기이기 때문이다. 주지하다시피, 제주는 유일하게 미 군정의 '1948년 5월 10일 단독선거'를 무효로 만든 지역이다. 3·1절 발포사건으로 촉발된 제주 4·3 사건은, 식민 잔재(친일)에 대한 청산과 반성을 방기한 채, 서둘러 국민국가 건설을 마무리하고자 했던 적폐 세력의 부당함을 증언한 역사적 사건이다. 물론 육지의 권력과 질서를 거부한 대가는 혹독했다. 제주에서 자행된 민간인 학살은 수십 년간 한국 현대사에서 지워져 버렸다.

무술년은 4·3 사건이 융기한 지 70년이 되는 해다. 그러나 제주 곳곳에 기입되어 있는 저 처절한 홀로코스트의 흔적은, 여전히 진실이 규명되지 못한 채 방치되어 있다. 과연 우리는 과거의 모순과 적폐를 충분히 청산하였는가? 김석범의 『화산도火山島』는 역사의 분화구에서 끓고 있는 진실의 마그마를 통해 그것을 질문하고 있다.

어린이날과 노예선

우리는 자유로운가?

2018년 5월 5일은 어린이날인 동시에, 칼 마르크스Karl Marx 탄생 200주년이다. 어린이의 인권과 행복을 도모하기 위한 기념일과 근대 자본주의의 폭력성을 고발한 이십 세기 최고 지성의 출생일이 겹친다는 것('May 5'). 이 기막힌 우연이 예사롭게 느껴지지 않는 것은 무엇 때문일까.

아마도 이는, 『자본』의 집필 계기가 됐던 비인간적 착취와 인권 유린이 여전히 지속되고 있는 까닭이 아닐까. 과거의 역사와 기억 속에서 동시대의 구조적 불평등과 모순을 성찰하고 있는 『노예선The Slave Ship: A Human History』(갈무리, 2018)이 새삼 주목되는 이유이다.

피츠버그 대학 역사학과 교수인 마커스 레디커는 피터 라인보우와 함께, 초기 제국주의의 식민지 건설과 노예제를 고찰한 『히드라: 제국과 다중의 역사적 기원』을 출판한 바 있다. 그의 두 번째 한국어 번역서인 『노예선』은 15세기 말부터 19세기까지 대서양 노예무역의 역사를 고증하고 복원함으로써, "세계 자본주의 경제"를 구축한 제국주의의 통치 장치와 수탈 기제를 적나라하게 폭로하고 있다.

선박 기술의 발전과 진보는 "노동, 대농장, 무역, 제국과 자본주의라는 새로운 대서양 중심 세계를 가져오는 데 큰 역할"을 했다. 이는 카를로 M. 치폴라의 『대포, 범선, 제국: 1400~1700년, 유럽은 어떻게 세계의 바다를 지배하게 되었는가?』에서도 논의된 바 있다. 그러나 이 함선은 "아프리카인을 감금하고 운송"하는 이동 수단인 동시에, 고도의 식민 통치 시스템이 작동하고 있는 정치적 공간이기도 하다.

노예선은 서구 과학기술 문명의 물리적 표상일 뿐 아니라, 대서양 자본주의를 입안하고 전파하는 근세 식민 사회의 축소판이기 때문이다. '제5장 제임스 필드 스탠필드와 떠다니는 지하 감옥'에서 알 수 있듯, 노예선은 선장, 선원, 노예라는 구성원에 의해 형성된 "계급사회"이다. 저자는 본문에 해당하는 7, 8, 9장(선장이 만든 지옥, 거대한 선원 집단, 노예에서 뱃동지로)에서 이러한 특징을 충실히 해설하고 있다.

실제로, 노예선의 선장과 선원은 바다 위를 "떠다니는 지하 감옥"의 교도관 역할을 했다. 비록 하급 선원은 유럽 주류 사회에서 쫓겨난 최하위 집단의 일원이자 선장과 고급 선원에게 비인간적 취급을 당하는 "잉여 인간"이었지만, 이들 역시 상인과 선주의 자본 축적을 위해 노예(들)에게 폭력과 징벌을 행사하는 "백인 의식"의 소유자였다. 이에 비해, 흑인 노예는 유럽, 아프리카, 아메리카의 삼각 무역 과정 속에서 철저하게 물신화된 '인간 상품' 일 따름이다.

1789년에 제작된 '브룩스호의 하갑판 그림'은 이를 잘 보여주는 역사적 자료이다. 노예무역의 비극과 심각성을 알리기 위해 출판된 이 인쇄물은, 너무나 참담한 나머지 '처참하다'라는 휴머니즘적 술어를 사용하는 것조차도 사치스럽게 만든다. 세로 4피트, 가로 14인치의 공간에 갇힌 채 비위생적인 환경과 질병에 노출되어 있던 여자아이(노예)의 부서진 삶은, 서구 자본주의의 태동이 "사람보다 이윤을 우선"시하는 데서 출발하였다는 사실을 다시금 환기시킨다.

이런 시각은 세계체제론이라 불리는 글로벌학적globological 역사 서술에서도 확인할 수 있다. 안드레 군더 프랑크의 『리오리엔트』가 대표적인 예인데, 그는 유럽 중심의 역사 서술을 보편적인 세계사로 왜곡해왔던 대서양 자본주의를 신랄하게 비판한 바 있다. 프랑크가 세계경제사라는 거시적 흐름을 통해 유럽 중심 사회이론과의 치열한 대결 의식을 보여주고 있다면, 레디커는 삶과 죽음이 교차하는 노예무역의 구체적 국면을 통해 서구 자본주의의 "착취exploitation" 과정을 실감 나게 재현하고 있다.

이와 같이, 『노예선』은 15세기 후반부터 시작된 노예무역의 제 양상을 방대한 문헌 탐구와 조사, 그리고 노예선 승선 경험자를 대상으로 한 문화기술적 재현을 통해 복기하고 있다. 하지만 이 책은 아프리카 노예무역에 대한 사료의 집적물이 아니라, 오히려 부서진 인간성을 감각하며 기록하고자 하는 윤리적 조판에 더 가깝다. 지옥 같은 배의 하갑판에서 이루어진 노예들의 연대와 소통, 그리고 항거에 대한 이해와 관심은, 타자의 고통과 저항을 아카데믹한 학문 장 속에 기입하고자 하는 윤리적 입장과 다르지 않기 때문이다.

그의 말처럼, 노예선은 오늘날에도 여전히 항해 중이며, 그렇기 때문에 이러한 "지식"은 "참으로 필요"하고 또 필요하다. 다만, 『노예선』의 말미에서 제시한 인간성의 회복과 연대의 가능성이 서구 자본주의의 악마성을 격퇴할 수 있는 새로운 대안이 될 수 있을지에 대해서는 유보해 두기로 하자.

3부

공통성,

부서진 폐허를 복구하는 마음(들)

풀꽃도 꽃이다

딸아이가 작은 음악학원에 다니기 시작했다. 이른바, 최초로 사교육 장場에 진입한 셈이다. '중이 제 머리를 못 깎는다'고 했던가? 교육학박사 아빠도 한국 사회의 사교육 광풍은 막을 수 없었나 보다. 물론 이 말의 진의는 사교육의 역기능을 과장하거나 비난하기 위한 것이 아니다. 나 역시 사교육이 공교육을 보완하는 순기능이 있다는 사실을 모르지 않는다. 다만 한국 교육이 고착화된 입시 전선戰線 속에서 중요한 교육적 가치를 상실해 가고 있음을 함께 되짚어보기 위함이다.

최근 입시 중심의 교육을 직핍하게 비판하고 있는 장편소설이 나와 주목을 끈다. 한국 서사문학의 거장 조정래 소설가의 『풀꽃도 꽃이다』(해냄, 2016)가 그것이다. 글로벌 정치경제의 흐름 속에서 중국의 위상과 새로운 동아시아 연대의 필요성을 설파한 『정글만리』(해냄, 2013)가 나온 지 3년 만이다. 한국 현대사의 이념과 존재 양식을 탐구해 온 그가 새롭게 주목한 이슈는 한국사회 내부의 '교육 문제'다. 조정래는 한국 교육의 뿌리 속에 여전히 '식민 잔재'가 존속해 있다고 말하면서, 국가를 창조적으로 디자인하기 위해서는 반드시 우리의 교육적 가치가 혁신돼야 한다고 주장한다.

이 소설은 강교민 교사와 학교장 사이의 갈등으로부터 시작된다. 하지만 두 인물의 대립은 단순히 인물과 인물 사이의 외적 갈등이 아니다. 이 장면은 '행복 성장'이라는 교육의 본질적 가치와 '경쟁 성취'라는 현실적 조건 사이의 사회적 갈등 양상을 담고 있다. 그래서 『풀꽃도 꽃이다』에 등장하는 인물 간의 갈등은 교육적 이념을 둘러싼 첨예한 '가치 투쟁'과 다르지 않다. 이는 주인공 강교민을 둘러싸고 있는 다양한 인물의 대립 양상이 주로 '대화'를 통해 전개되고 있는 데서 잘 나타난다. 소설 속 대화는 작가의 주제 의식을 직접 표출하는 담화표현 방식 중 하나이다. 이러한 언술 전략은 '강력한 교육 민주화'(강교민)라는 주제의식의 강화, 혹은 교술敎述적 효과를 극대화하는 데 기여하고 있다.

그러나 서사 장르의 미학적인 측면만을 놓고 보자면, 서술자의 목소리가 노골적으로 표면화되는 계몽적 내러티브는 고차원적인 서술 전략이라고 말하기 어렵다. 왜냐하면 전근대적 이야기 장르와 구분되는 현대소설은 인물 사건 배경이라는 핵심 요소의 치밀한 구성 작업을 통해 서사물의 미적 수준을 배가시키는 언어예술 양식이기 때문이다. 그렇다고 해서 이 작품을 손쉽게 퇴행적 '계몽 서사'로 비판하는 것은 옳지 않다. 이는 작가와 텍스트의 생산관계를 고려하지 못한 일면적인 감상과 평가일 뿐이다. 수십 년 동안 소설을 써온 작가가 소설 창작의 작법을 몰라서 이러한 서술 전략을 택했겠는가? 당연히 그렇지 않다. 그렇다면 조정래는 왜 이러한 글쓰기 방식을 택했을까?

결론부터 이야기하자면, 이는 조정래 소설가의 '리얼real'한 현실감각 때문이다. 동서양을 막론하고 뛰어난 작가는 세월이 흘러도 현실감각이 마모되지 않는다. 일흔을 훌쩍 넘긴 나이지만, 조정래의 작품 세계는 '노년문학'과는 무관하다. 그는 어긋난 현실에 관조하는 삶이야말로 작가의식의 퇴행을 자인하는 부끄러운 태도라는 사실을 잘 알고 있다. 조정래는 조화롭고 평화로운 '노년문학'으로 도피하지 않는다. 오히려 시간이 갈수록 더 핍진하게 처절한 현실과 마주한다. 그렇기에 '작가 조정래'에게 소설은 '초월'의 메시아가 아니라 여전히 '변혁'적 미디어다.

그의 이러한 삶/문학적 태도를 '변혁적 계몽주의'라고 부를 수 있다. 물론 중요한 것은 이런 비평적 술어가 아니다. 핵심은 우리 사회에 부조리와 모순이 존재한다면, 문학예술의 수사학적 성취를 포기하는 한이 있더라도 사회의 변화를 촉구하는 '발언'을 멈추지 말아야 한다는 작가적 실천 의지이다. 그렇다면 조정래가 제시하는 한국 교육의 새로운 길이란 무엇일까? 그것은 바로 '인간적 가치'의 회복이다. 좋은 교육은 제도적 '장치'의 보완만이 아니라, 가장 기본적인 교육적 '가치'의 복원으로부터 시작될 수 있다는 사상적 전언이다. 그래서 그는 생존 경쟁에 지친 아이들에게 "하고 싶은 일 해, 굶지 않아"라고 따뜻하게 말하는 것 역시 잊지 않는다.

내년이면 딸아이도 초등학교에 입학한다. 하지만 나는 아직 무엇을 알려주고, 무엇을 길러줘야 하는지 잘 알지 못한다. 다만 "하고 싶은 일을 해"라는 저 도저한 문장의 교육적 가치만은 반드시 기억하려 한다. 분명 풀꽃은 미미하고 연약하다. 풀꽃은 아직 그 아름다움을 뽐낼 준비가 되어 있지 않다. 그러나 가만히 들여다보면 연약한 풀꽃 속에 온 우주의 생명과 진리의 기운이 들끓고 있다는 사실만큼은 금방 깨달을 수 있다. 아이들의 무한한 가능성에 대한 끝없는 신뢰, 어쩌면 이러한 충실한 사랑과 믿음이야말로 조정래 작가가 우리에게 들려주고자 했던 소중한 가르침이 아니었을까. 저기, 어두운 모퉁이를 돌아 우리의 '풀꽃'들이 환하게 손을 흔들고 있다.

사유의 탄환

얼마 전 부산 동래구에 있는 모 고등학교에 인문학 특강을 다녀왔다. 주제는 '공존의 인문학'이었는데, 당시 나는 우리 사회의 소수자와 소수성을 어떻게 바라보고 사유할 것인지에 대해 강연했다. 170여 명의 청중을 두고 진행되는 대중강좌였음에도 학생들의 반응은 매우 적극적이었다. 현장에서 여러 가지 의미 있는 질문이 나왔는데, 그중 하나가 '다수성과 소수성의 기준'에 관한 것이었다.

우리가 다수성과 소수성의 개념을 사유할 때 고려해야 하는 요소가 하나 있다. 그것은 '다수자'와 '소수자'를 이해하고 호명하는 기준은 '양적 개념'이 아니라는 사실이다. 다시 말해 인구통계학적인 절대량이 많다고 해서 다수자가 되는 것은 아니라는 뜻이다. 예를 들어 대한민국에는 정규직보다 비정규직이 월등히 많지만, 비정규직을 두고 양적 다수성을 획득한 '다수자'라고 말할 수 없는 것과 같은 이치이다.

프랑스의 저명한 사상가 질 들뢰즈는 이 부분에 대해 명쾌한 언급을 남긴 바 있다. 우리가 '다수적인 것'과 '소수적인 것'을 구분하는 준거는 '표준화된 상태'의 점유 여부라는 것이다. 사회적 관계 구조에서 지배적인 위치를 점거한 이가 '다수자'의 권위를 획득하며, 상대적으로 피지배적인 위치로 내몰리는 이들이 '소수자'의 취약성을 부여받는다는 점이다. 그렇다면 다수자는 표준화된 상태의 규율과 규칙을 소유한 지배적 기득권자이며, 소수자는 표준의 범주에 포함되지 못한 채 '배제'와 '차별', 그리고 '착취'와 '희생'을 강요당할 수밖에 없는 피지배적 존재가 되는 셈이다.

인문학을 공부하는 자리에서 '소수성'과 '다수성'의 원리를 사고하는 과정이 중요한 까닭은, 그것이 타자에 대한 적대적 혐오를 완화하고 재사유하는 계기를 제공하기 때문이다. 지난해 한국 사회를 떠들썩하게 했던 키워드 중 하나는 '혐오'이다. 여성 혐오, 동성애 혐오, 노동자 혐오, 장애인 혐오, 이주민 혐오 등 '다수적인 삶'과 다른 방식을 살아가고 있는 이들은 여전히 혐오와 차별의 대상이 되고 있다. '인류애'나 '공동체 정신'과 같은 거창한 말까지는 아니라더라도, 더불어 사는 사회를 위해서는 '소수적인 삶'을 혐오하는 사회적 분위기에 대해 비판적으로 사유하고자 하는 태도가 필요하다.

강연 현장에서 학생들에게 소개한 청보리 작가의 〈원 뿔러스 원〉(네이버웹툰, 2014-2017)을 예로 들어볼 수 있겠다. 이 웹툰은 사람들이 누구나 '두 개의 뿔'을 지니고 태어난다는 독특한 설정을 바탕으로 하고 있다. '뿔'의 수와 형태는 '정상'과 '비정상(병리)'을 분별하는 기준이 된다. 주인공 한도림은 뿔이 하나뿐이다. 그 때문에 도림은 학교 친구들에게 악마 취급을 받거나 비정상적 질병을 지닌 '관심학생'으로 분류된다. 이 작품의 기저에 근대 '우생학'의 폭력성(인간 유전자의 우열 관계를 식별하고 관리하자 했던)에 대한 비판이 내재되어 있음을 이해하는 것은 어려운 일이 아니다.

〈원 뿔러스 원〉에서 우리가 주목해야 하는 것은 장애인에 대한 배제와 추방이 '혐오'라는 무기를 통해 발화되고 있다는 점이다. 사회적 성취를 이룬 장애인에게 가해지는 혐오/범죄는 '원뿔 테러'를 통해 구체화된다. 하지만 직접적인 '원뿔 테러'보다 더 무서운 것은 일상화된 편견과 혐오('장애인이면 장애인답게 바닥에 딱 붙어서 불행한 인생을 살아라')이다. 법철학자이자 윤리학자인 마사 누스바움은 혐오는 특정 집단을 추방하고 배척하기 위한 '사회적 무기'라고 주장하였다. 혐오라는 감정은 단순한 사적 정서가 아니라 특권을 지닌 집단이 자신의 우월한 지위를 유지하고 더욱 명백히 하려고 하는 정치적 행위('혐오의 정치')라는 것이다. 그녀는 19세기 이후부터 여성, 동성애자, 장애인, 불가촉천민, 하층계급 사람들은 모두 '육신의 오물'로 더럽혀진 존재로 상상되었으며, 이러한 폭력적 배제 시스템은 지금도 여전히 작동 중이라고 보았다.

〈원 뿔러스 원〉의 도림이나 원뿔 테러 피해자들의 부서지고 토막 난 삶에서 확인할 수 있듯, 혐오 발언은 한 개인의 인간성을 유충화하고, 다시 획일화된 정체성으로 호명하며, 또 이들을 무용한 사회적 존재로 철저하게 고립시킨다. 오해하지 말 것은 혐오 행위의 주체는 특정 개인이 아니라는 점이다. 왜냐하면 혐오 발언은 지배집단이 피지배집단을 배제하거나 추방하는 사회심리학적 기제로 작동하며, 이는 철저하게 지배집단의 '다수성'을 영속화하는 정치적 행위로 수행되기 때문이다.

우리는 혐오 발언의 발화자를 검열하고 색출하는 것이 아니라, 소수자에 대한 혐오를 통해 이득을 보고 기득권을 유지하고자 하는 이들과 싸워야 한다. 무엇보다 인문학은 '혐오의 정치'를 향해 격발되는 '사유의 탄환'과 다르지 않기 때문이다. 강의가 끝나자 뒷줄에서 휠체어를 탄 학생이 앞으로 나온다. 함께 사진을 찍고 싶다는 수줍은 제안에, 내 사유의 탄창이 환하게 채워지고 재장전된다.

아름다운 반역

혁명이 도래했다. '미투#Me Too'라는 강렬한 변혁의 물결이 남성 중심 문화의 저지선을 돌파하며, 우리 사회의 적폐를 강타하고 있다. 노동 운동과 민주화 운동이 계급적 착취와 불합리한 권력에 대한 저항이라면, '미투 운동'은 한국의 가부장주의가 내장한 위계 구조와 폭력성을 타격하는 젠더 봉기이다.

미투 운동의 사회적 파급력이 이토록 큰 이유는, 이것이 여성의 삶과 억압적 문화를 해방하는 협의의 젠더 정치에 머물지 않고, 공동체에서 배제되거나 추방된 약자의 음성에 귀 기울이는 마이너리티 정치로 확장되고 있기 때문이다. 비유하자면 미투는 발화되지 못한 주체의 목소리를 발굴하는 고고학적 행위와 다르지 않다.

타자와의 만남을 중시하는 미투의 사상적 기반은 '환대의 윤리'이다. 굳이 자크 데리다를 언급하지 않더라도, 타자를 성심성의껏 마중하는 환대의 과정에는 어떤 조건도 고려될 수 없다. 미투 운동이 사법적 논리나 객관적 사실 규명보다, 사회적 약자의 구조 신호에 더욱 예민해야 하는 이유이다. 그러나 진정한 환대는 타자를 대상화하지 않는 자기성찰과 반성적 태도를 요구하는 탓에, 여간 어려운 일이 아니다.

많은 이들이 미투 운동의 변혁적 가치에 공감하고 이를 지지함에도 불구하고, 남성의 입장에서는 곤혹스러운 부분이 있는 것도 사실이다. 나 역시 얼마 전 지인으로부터 혼이 난 적이 있다. 지식인이라고 칭하는 남성들이 계급이나 빈곤, 민주주의나 양심을 운운하면서도, 정작 사회적 화두가 되고 있는 미투 운동과 젠더 아젠다gender agenda에는 침묵하거나 소극적이라는 지적을 받은 것이다.

예리한 지적이지만, 정작 내 마음을 복잡하게 하는 것은 이런 식의 매서운 비판이 아니다. 그보다는 오히려, 남성이 미투 운동의 가치와 내용을 제대로 이해하거나 재현할 수 있는지, 혹은 그것이 가능하다면 미투는 어떻게 재현되어야 하는지에 대한 윤리적 질문이 더욱 무겁게 다가온다. 예를 들어, 이런 칼럼을 쓰는 행위 자체가 스스로에게 면죄부나 도덕적 사면권을 부여하는 위선적인 행동은 아닌지, 되돌아보게 되는 것이다.

학부 시절, 노혜경 시인의 '한국여성문학'이라는 강의를 계절학기 수업으로 들은 적이 있다. 나는 휴식 시간에 짬을 내, 남자는 왜 페미니스트가 될 수 없는지 물어보았다. 시인은 남성도 충분히 공정하고 진보적인 젠더 의식을 지닐 수 있다고 말하면서도, 남자들이 훌륭한 젠더 의식을 갖거나 이해하는 것과는 별도로, 그것을 실천하며 세상을 살아간다는 것은 너무나 어려운 일이라고 답하였다.

당시에는 그게 무슨 말인지 잘 몰랐는데, 나이가 들고 사회생활이란 걸 하게 되면서 그 말의 취지를 실감할 때가 적지 않다. 이 오래된 에피소드는 남성이 페미니스트가 되어야 한다거나, 혹은 될 수 없다는 이야기가 아니다. 개인의 젠더 의식이나 타자에 대한 윤리 인식과는 별개로, 남자들 역시 가부장제의 기득권을 용인하거나 젠더 폭력에 침묵해야 하는 경우에 직면할 수 있다는 것이 핵심 내용이다.

남성은 대부분 불합리한 가부장제 규율에 무감각하도록 훈육당해 온다. 가정에서, 학교에서, 직장에서 말이다. 그러므로 페미니즘 이론을 귀동냥한 깜냥으로, 다른 남성보다 조금 나은 젠더 의식을 갖게 되었다 하더라도, 나를 비롯한 많은 남성은 여전히 가부장주의의 폭력적 공모 관계로부터 자유로울 수 없다. 심지어 때로는 그러한 상징적, 물리적 폭력의 당사자나 방관자가 되기도 한다.

오해하지 말 것은, 미투 운동은 여성/남성의 권력 쟁투나 정체성 대결이 아니라는 점이다. 저명한 페미니즘 비평가 주디스 버틀러는, 주체의 새로운 삶은 사회·제도적으로 등기되어 있는 견고한 젠더 정체성과의 불화trouble 속에서 다시 입안될 수 있다고 말한 바 있다. 이는 미투 운동의 사회 변혁적 지향성이 여성과 남성에게 기입되어 있는 폭력적인 젠더 정체성의 와해, 다시 말해 그 고약한 근본주의적 성차性差를 해체하는 노력으로부터 정초될 수 있음을 시사하는 것이다.

실제로, 마초적 기득권과 비인간적 여성 혐오에 저항하는 남자는 상징적 거세를 당하거나, 주류 남성 사회에서 '유별난 녀석'으로 취급받는 것이 여전한 현실이다. 하지만 남성이 가부장적 젠더 정체성을 교란하고 차별적인 성 역할을 전복하는 혁명의 자원이 될 수 없는 것은 아니다. 왜냐하면 남성에게도 '미투'는 지배적 헤게모니에 틈을 내는 문화적 역린이기 때문이다. 미투 운동을 지지하는 여성과 남성이 젠더 혁명의 동지로 연대할 수 있는 가능성이 이 지점에서 융기한다.

그렇다면 지금이야말로, 남자들이 세상을 바꾸는 '아름다운 반역'의 파트너가 될 수 있는 순간이라 하겠다. 이제, 우리가 포기하거나 폐기해야 할 '남성 기득권의 목록'을 함께 기록해 나갈 때이다. 어제의 병폐와 분연히 결별하고 새로운 '오늘'을 맞이할 준비를 하자. 내 안의 '괴물'과 불화하면서, 한 걸음 더 인간의 길로, 인간의 길로.

— 부기

이 글을 쓸 때도, 이 글을 발표할 때도 고민이 많았다. 글의 내용을 책임질 수 있는 사람/남성인지에 대해 회의적이었고, 또 40대 남성으로서 모자란 점이 많기 때문이다. 부끄럽지만, 비판이 있다면 그것을 겸허하게 수용하고 배우며 성찰하겠다는 마음으로 이 글을 싣는다.

각색된 젠더 혁명

몇 년 전부터 그림동화 읽기와 비평에 관심을 가지기 시작했다. 문학의 역사적 전개 과정을 탐문하는 작업이 동화나 동시에 관한 연구와 분리될 수 없다면, 이러한 끌림은 문학 연구자에게는 자연스러운 현상이라고 할 수 있다. 하지만 이는 직업적 소명보다는 일상생활에서 발견된 것이다.

딸아이가 성장하면서 아내와 육아를 분담하게 되었다. 아이를 돌보는 저녁이면 함께 그림동화를 읽곤 한다. 어여쁜 꼬마가 잠들기 전, "그림동화 책 한 권만 읽어주세요"라고 얘기한다면, 과연 어떤 아빠가 그러한 부탁을 거절할 수 있을까. 아이의 독서 기록장 목록은 고스란히 아빠의 독서 내력으로 등기된다.

딸아이와 같이 읽은 그림동화 중 가장 인상적인 작품이 『돼지책』(웅진주니어, 2001)이다. 이 책은 유명한 동화작가 앤서니 브라운의 작품이다. 이야기의 대강은 이러하다. 아빠 피곳 씨와 두 아들 사이먼과 패트릭은 식사 준비와 설거지, 방 청소와 빨래 등과 같은 가사노동을 워킹맘인 엄마에게 모두 전가한다. 화가 난 엄마는 짧은 편지("너희들은 돼지야!")를 남긴 채 집을 나가버리고,

그녀의 부재는 세 사람이 반성하고 변화하는 계기가 되다.

흥미로운 것은, 『돼지책』의 서사 구조이다. 책의 이야기는 시간의 흐름에 따라 전개되며, 이는 여성의 불평등한 가사노동이 끊임없이 반복 재생산될 것임을 지각하게 하는 서사적 장치로 기능한다. 아침, 저녁, 다시 아침…… 여성을 착취하는 구조적 도식이 이미 견고한 일상 속에 구축되어 있는 것이다. 그러므로 엄마의 탈주는 지배질서의 메커니즘으로부터 벗어나기 위한 적극적 저항 행위가 된다. 그것은 부조리한 현실을 변혁할 수 있는 실천적 동력으로, 질 들뢰즈는 이를 '탈주의 상상력'이라 불렀다.

그러나 이 책을 동심童心을 파괴하는 '위험한 텍스트'로 보아서는 곤란하다. 왜냐하면 우리의 딸(들)이 살아가야 할 세상은 이보다 훨씬 더 무섭고 위태롭기 때문이다. 『돼지책』은 남성 중심 가족주의의 폭력과 차별을 혁파할 수 있는 '여성/주체—되기 becoming'를 강조하고 있다. 에필로그의 글과 그림이 이를 방증하는 예다. 앤서니 브라운은 불평등한 가족 구성원을 고장 난 자동차에 비유하고 있다. 자동차의 번호판 'SGIP 321'은 피곳 씨와 두 아들을 상징하며, 그것은 수리repair하고 정비되어야 할 대상이 된다. "엄마는 차를 수리했어요"라는 문장에서 확인할 수 있듯, 고장 난 자동차(=가족)를 수리하는 주체는 여성이다. 작가는 억압과 착취 상태에 놓인 여성이 스스로 젠더 혁명의 주체가 되어야 한다는 점을 상기시키고 있는 셈이다.

잘 알려진 것처럼, 이 책은 독자들의 폭발적 반응을 얻으며

전 세계에 번역되었다. 최근 부산에서 각색되어 뮤지컬로 공연되기도 했는데, 책과 뮤지컬은 성격이 판이하게 다르다. 동화와 공연의 장르적 차이에서 발생하는 이질감이 아니다. 이를 보여주는 근거로, 원작에는 등장하지 않는 '시아버지' 캐릭터를 들 수 있다. 이 인물은 어린이 관객의 극 중 몰입과 흥미를 배가하는 역할을 담당하고 있다. 대중적 공연에서 고려하지 않을 수 없는 연출 요소이겠지만, 문제는 시아버지가 극적 즐거움만 창안하는 존재가 아니라는 점이다.

시아버지는 독박 가사노동에 내몰린 여성(엄마)의 탈주와 귀환 과정을 탈정치적으로 재구성하며, 여성의 저항적 '급진성'을 순화하는 인물이다. 아빠와 두 아들이 할아버지의 통제 아래 자기 반성에 이르는 극의 전개 과정은 휴머니즘적 감상주의를 넘어서지 못한다. 시아버지라는 상징규범은, 여성(엄마)이 탈주의 상상력을 통해 가부장제의 불합리한 시스템을 정지시키는 변혁적 주체가 되어야 한다는 『돼지책』의 메시지를 각색하고 표백한다. 시아버지로 표상되는 기득권의 상징체계는 조력자의 형상으로 느닷없이 출몰하지만, 사실은 여성의 일상적 식민 상태를 존속시키는 시혜적이고 타협적인 통치 장치인 셈이다.

이런 식의 텍스트 각색과 연출 방식은 원문에 대한 심각한 오독일 뿐 아니라, 그림동화의 효용적 기능도 뒤틀어 버리는 일이다. 아마도 뮤지컬의 연출진은 가족의 갈등과 해체를 표면화하는 작품 내용이 어린이 공연 텍스트로 적당하지 않다고 판단한 것으로 보인다. 이해 못 할 바는 아니지만, 오히려 그것이 아이들이 직면하거나 대면하고 있는 가부장주의의 모순과 적폐를 은폐하는 것이라면, 그것은 정말 괜찮은 일일까. 동화적 상상력은 우리 사회의 어긋난 인습과 도덕률을 학습하고 주입하는 '순응적 동심주의'와는 무관하다.

요즘 바쁘다는 핑계로 딸과 함께 책 읽는 횟수가 눈에 띄게 줄었다. 초등학교에 입학하고 혼자 책을 읽을 수 있게 된 것은 대견한 일이지만 어쩐지 아쉬운 마음이 들기도 한다. 학생들에게 '문학의 이해'보다 '문학적인 삶'을 사는 것이 훨씬 더 중요하다고 강조하면서도, 정작 나 자신이 그러한 삶을 살고 있는지에 대해서는 확신하기 어렵다. 오늘 저녁에는 만사 제쳐두고 딸아이와 함께, 각색되지 않은『돼지책』을 다시 읽어야겠다.

경애하는 마음

강원도 횡성의 작은 마을에 있는 '예버덩 문학의 집'이라는 곳으로 집필 여행을 다녀왔다. 시인의 넉넉한 마음만큼이나 아름다운 자연은 지친 심신을 치유하기에 충분했다. 적어도, 어느 인간적인 국회의원의 비보를 전해 듣기 전까지는 말이다. 정치 논평을 하려는 게 아니라, 결코 폐기해서는 안 되는 마음에 관한 이야기이다.

김금희의 신작소설은 애척哀戚의 부스러기가 쓸모없는 정념의 잔여물이 아니라는 점을 사유하게 한다. 부산에서 태어나 인천에서 성장한 작가의 첫 장편소설 『경애의 마음』(창비, 2018)은 탄탄한 문체와 구성 방식을 바탕으로, 우리 삶의 새로운 가능성이 타인의 아픔을 이해하고 분유하는 과정 속에서 융기될 수 있음을 깨닫게 한다.

이 작품의 주인공은 '반도미싱'에서 근무하고 있는 박경애와 공상수이다. 경애는 구조조정 당시 해고반대 파업을 거쳐 겨우 복직했으나, 직장과 노조에서 동시에 따돌림을 받고 있는 인물이다. 상수는 눈치 없이 사고만 치고 영업실적도 형편없어서 승진에서 배재된 끈 떨어진 낙하산이다. 팀장이긴 하지만 부하직원이 없는 '팀장 대리' 상수가 어느 날 회사에 팀원 배정을 요청하자, 곤혹스러워하던 간부들은 그를 달래기 위한 임시방편으로 잉여직원 박 주임을 공 팀장의 사무실로 배치한다.

소설은 두 사람의 어색하고 불편한 동거가 "고통을 공유"하는 애틋한 관계로 변화되는 과정으로 전개되고 있다. '경애'와 '상수'는 '언니는 죄가 없다'라는 소셜네트워크 페이지를 통해 이미 접속되어 있었다. 다만, 서로가 서로를 인식하지 못했을 따름이다. 둘은 베트남 해외지사에서 함께 일하며 공통의 트라우마를 발견하게 된다. 바로, 1999년 갑작스러운 화재로 세상을 떠난 친구 '은총'에 대한 기억이다. 열일곱 소년의 황망한 죽음은 두 사람에게 삭제할 수 없는 상처로 남았다.

기성세대는 은총의 화재 사건을 은폐하고 봉합하려 하지만, 경애와 상수는 그의 죽음에 대한 애도를 포기하지 않는다. 그들은 아주 오랜 시간 동안 각자의 자리에서, 서로 다른 형태의 죄책감에 시달리며 고통의 시간을 보낸다. 경애는 너무 힘든 나머지, "모든 것을 느끼는 마음 따위는 차라리 없어졌으면 좋겠다"고 생각하기도 한다. 그래야 일상이 회복될 수 있을 것 같았기 때문이다. 어른들은 'E'라고 불리는 은총에 대한 죽음을 망각하라고 종용하지만, 두 사람은 지독한 상실감과 외로움에 시달리면서도 끝까지 그를 잊지 않는다.

김금희 식으로 말하자면, 애도와 공감의 마음은 끝내 폐기되지 않은 셈이다("마음을 폐기하지 마세요"). 물론 E를 집어삼킨 화염의 진실도 여전히 밝혀지지 않았다. 독자들은 이 대목에서 죄 없는 아이들을 수장시킨 그 날의 바다와 최소한의 인간적 존엄마저 태워버린 어느 망루를 떠올리게 된다. 그러나 비약하지는 말자. 작가는 우리가 감지해야 하는 사회적 고통의 최대치를 상상하게 하고 있을 뿐, 그 어떤 참담한 사건도 서사적 목적이나 정치적 올바름을 위해 소재화하거나 전유하고 있지 않다.

그래서일까. 경애와 상수는 역사적 대의나 거대 담론이 아니라, 우리 곁에 만연해 있는 기득권과 싸운다. 두 사람은 관행("유도리")이라 불리는 부정부패와 단절하며 영업성과를 올리고자 하지만, 현실은 그리 녹록지 않다. 박 주임은 호찌민 지점에서 일하고 있던 직원들의 리베이트 비리를 직감하고 현지 관리자에게 경고하지만, 오히려 그녀가 한국으로 소환되어 좌천되고 만다. 상수는 부당한 인사 조치에 분기하고 경애는 회사와의 힘든 투쟁을 시작한다. 하지만 경애와 상수는 두렵지 않다. 왜냐하면 두 사람이 은총에 대한 '마음-씀'을 포기하지 않았던 것과 같이—"마음이 끝나지 않았다면 아무것도 끝나지 않은 것"처럼—, 서로를 경애敬愛하는 마음을 폐기하지 않을 것을 확신하고 있기 때문이다.

굳이 저명한 인문학자의 어록을 인용하지 않더라도, 인간의 마음이 단순한 정조의 표현이 아니라 현실 변화의 동력이라는 점은 쉽게 알 수 있다. 소설가 김금희는 슬픔, 분노, 갈구, 용서, 동정, 연민, 회한, 불안, 불편, 혐오, 야속함, 서운함, 위기감, 미안함,

그리움, 외로움, 애틋함, 그리고 경애심에 이르기까지, 우리가 잊고 있던 '온갖 마음에 대한 이야기'를 들려주고 있다. 그러면서도, 감정의 외양을 과잉 묘사하거나 분출하지 않는다. 『경애의 마음』이 만남과 이별, 사랑과 분노의 경계에 걸쳐 있으면서도, 신파조의 연애담이나 교조적 도덕주의로 진주하지 않는 까닭이다.

인간이 존재의 유한성을 지각함으로써 새로운 삶의 지평을 모색할 수 있듯, 우리는 제대로 된 애도와 공감을 통해서만 다른 삶의 가능성을 개시할 수 있다. 정치적 당파나 이념을 떠나서, 어두운 시대를 밝히고자 했던 순정한 영혼의 마지막만큼은 '경애하는 마음'으로 추모 되어야 하는 이유이다. 그 작은 마음조차도 허락되지 않는 사회라면, 우리의 삶은 너무나 절망적이지 않은가.

어린왕자의 선물

학부 학생들과 함께 동아리 활동으로, 앙투안 드 생텍쥐페리의 『어린왕자』를 다시 읽었다. 외국 문학 전공자도 아닌 내가 베트남어, 중국어, 일본어 판본을 갖고 있을 정도이니, 이 책에 대한 독자의 관심은 가히 세계적이라 할 만하다. 그러나 『어린왕자』를 처음부터 끝까지 꼼꼼하게 읽은 사람은 의외로 많지 않은 듯하다.

책을 읽었다고 하더라도, 유년시절 청소년용 번안 텍스트로 접한 경험이 많은데, '어린왕자'를 그림동화로 기억하는 독자가 적지 않은 것이 그 방증이다. 실제로, 동화적 성격이 강하고 작가가 그린 삽화도 수록되어 있지만, 이 책의 장르는 엄연히 소설이다. 곤혹스러운 것은, 제대로 된 번역본을 고르는 것부터 쉬운 일이 아니라는 점이다.

『어린왕자』의 한국어 번역이본異本은 100여 종에 이르는 것으로 알려져 있다. 동화든, 소설이든, 외국문학도 자신의 생각과 마음을 언어로 표현하는 것이기 때문에 번역의 역할이 매우 중요하다. 그러나 번역은 단순히 타국의 언어를 본국의 언어로 대체

하거나 교환하는 과정이 아니다. 어떤 외국어도 모국어와 등가 관계를 형성할 수 없기 때문에, 그 말의 의미와 미감에 부합하는 어휘나 문장을 발견하는 것은 여간 어려운 일이 아니다.

'번역의 기술art'은 언어와 언어 사이의 간극을 조리 있게 매개하는 어법의 적용만이 아니라, 그 속에 담긴 마음과 사상을 충실히 감지하고 독해하는 일이다. 그래서 번역은 이국적 어휘를 타인의 문자 속에 이관하거나 기입하는 작업이 아니라, 매우 적극적인 '해석 행위'이다. 도무지 완결할 수 없는 '번역의 잉여치'를 두고 종종 논쟁과 토론이 벌어지는 것은 그 때문이다. 그러므로 뛰어난 번역가는 비평의 임무를 함께 수행한다. 좋은 역자譯者가 적지 않지만, 문학평론가 황현산 선생이 특히 돋보이는 이유이다.

두 달 전에 타계한 그는 저명한 불문학자이자 번역가이며, 또 문학평론가이다. 대중독자에게는 『밤이 선생이다』를 비롯한 인문에세이의 저자로 잘 알려져 있지만, 기실 그는 비평가이자 번역가이다. 지난달 재독再讀한 선생의 『어린왕자』(열린책들, 2015) 번역은 어찌나 말끔한지, 학생들과 약속한 분량을 훌쩍 넘겨 읽었을 정도이다. 또 아이들은 이미 『어린왕자』의 내용을 직감할 수 있기에, 그것을 알아보지 못하는 어른을 위해 해제를 썼다는 선생의 위트 넘치는 '작품해설'에서 대가의 풍모와 여유를 느낄 수 있다.

약간의 비유가 허락된다면, 서술자 '나'와 '어린왕자'의 만남과 대화는 일종의 번역 행위로 볼 수 있다. 어른들은 주인공 '나'가 그린 보아뱀을 이해하지 못한다. 그들은 이미 규범화되어 있는 지식("산수, 문법")만을 강조할 뿐, 사물의 본질에 대한 질문에는 관심이 없다. 오해하지 말 것은, 이는 기존의 학술적 성과가 가치 없다는 뜻이 아니라, 기성세대의 시각은 언제나 수치화되거나 정량화된 방식("어른들은 숫자를 좋아한다")으로 인간 삶을 평가하고 있다는 뜻이다. '나'와 '어른'이 분명 같은 언어를 사용하면서도 의사소통에 어려움을 겪는 것은 이 때문이다. 그러나 B612에서 온 어린왕자는 다르다. 그는 유일하게 '나'의 그림을 투시할 수 있는 역자이다.

어린왕자가 지구로 오기 전에 방문한 소행성의 내력을 살펴볼 필요가 있다. 하나씩 나열해 보면, 왕은 비합리적인 권력의 위계적 속성을, 허영쟁이는 자기 성찰이 결여된 무비판적 자아를, 술꾼은 문제의 본질을 회피하는 현실 도피적 태도를, 사업가는 이유도 모른 채 숫자를 증식하고 있는 자본의 축장구조를, 가로등 켜는 사람은 관료주의의 병폐를, 마지막으로 지리학자는 지식의 관념성을 잘 보여주고 있다. "이상한 어른"들이 사는 여섯 행성에 대한 순례는 '나'와 '어린왕자'의 공통 감각을 형성한다. 이는 구성적 측면에서 보더라도 충분히 납득할 만한 서사 전략이다. 그러나 어린왕자와의 커뮤니케이션은 내내 매끄럽게 이루어지지 않는다. 낯선 타자와의 대화는 여러 차례 어긋나고 튕겨 나가며, 번역될 수 없는 방언의 회담처럼 결렬된다.

어쩌면 선문답처럼 해석하기 힘든 대화에 참여하면서, 우리가 얻을 수 있는 것은 무엇일까. 번역의 역량인가? 아니다. 그것은 서로의 말을 완벽히 이해할 수 없더라도, 그 속에 담긴 외로움을 감지하고자 하는 마음이다. '나'와 '어린왕자'가 그러했듯이, 각자 다른 행성에서 온 이의 말에도 귀 기울이는 것이 번역가의 사명이자 윤리이다. 그러므로 번역translation은 국경과 인종을 넘어 '보편적 삶'을 정초하는 위대한 의사소통 행위이다. 국가나 대학에서 번역(학)의 가치를 홀대하고 박대한다고 하더라도, 좋은 번역을 위한 노력이 좌초되어서는 안 되는 이유이다.

무더웠던 여름, 동시대의 번역가 중 한 분이 하늘로 떠났다. 스스로 별이 된 선생은 이제 어떤 희망을 옮겨 적고 있을까. 깊어가는 가을, 황량한 세상을 버티게 할 오아시스 같은 문장이 있기에, 조금은 '덜 나쁜 어른'이 될 수 있을지도 모르겠다.

오인(誤認)된 사랑

주말 드라마 〈SKY 캐슬〉(JTBC, 2018-2019)이 화제이다. 이야기의 절반 정도가 진행되었을 뿐이지만, 이 작품은 한국 사회의 비인간적 교육 현실과 경제적 불평등을 적나라하게 까발리며 시청자의 관심을 끌고 있다.

포털사이트에 게시된 줄거리에서 알 수 있듯("대한민국 상위 0.1%가 모여 사는 SKY 캐슬 안에서 남편은 왕으로, 제 자식은 천하제일 왕자와 공주로 키우고 싶은 명문가 출신 사모님들의 처절한 욕망을 샅샅이 들여다보는 리얼 코믹 풍자극", DAUM), 이 드라마는 자본의 규모가 어떻게 부모 세대의 학력과 직업을 '세습'하는 조건이 되는지를 잘 보여준다.

명문대 진학에 매몰된 입시교육의 병폐와 모순은 새삼스러운 문제가 아니다. 그럼에도 불구하고 '불금 드라마'가 12%에 육박하는 시청률을 기록하는 이유는 무엇일까. 제목의 알레고리에서 확인할 수 있듯, 'SKY 캐슬'은 단순한 부촌이나 주거 공간이 아니라 우리 사회의 경제적 양극화를 보여주는 리얼한 장소이자, '경제자본'과 '학력자본'을 통해 구획된 사회적 계급 공간이다.

캐슬의 안과 밖은 사회적 분파를 가르는 경계이며, 이곳에 사는 사람들은 대부분 자신의 학력과 직업을 자식에게 대물림하고자 한다. 경제적 자본이 축장된 집단일수록, 이에 대한 투자에도 적극적이라는 사실은 굳이 센서스 자료를 덧붙이도 않아도 쉽게 알 수 있다. 이를 대표하는 등장인물이 주인공 한서진(염정아)이다. 그녀는 가난한 술주정뱅이 아버지로부터 벗어나기 위해 계급 전환을 시도하며, 의사가문 출신의 강준상(정준호)을 만나 계급 세탁에 성공한 듯 보인다.

그러나 사회적 부조리와 불평등이 그리 쉽게 변하지 않는 것처럼, '선지 가게 딸'이라는 주홍글씨도 쉽게 지워지지 않는다. 그녀는 시어머니에게 멸시를 당하기도 하고, 가족과 이웃으로부터 혐오의 시선을 받기도 한다. 한서진이 큰딸 강예서(김혜윤)를 반드시 서울의대에 보내야 하는 것은 이 때문이다. 그녀는 학벌 재생산만이 지배집단의 이너서클 속에 머물 수 있는 자기 보존의 방법이자, 딸아이를 위한 사랑의 실천이라고 생각한다.

자기 이름을 '곽미향'에서 '한서진'으로 바꾸며 수직적 계급 변동을 꾀했던 것처럼, 그녀는 자신이 구축한 계급적 자산을 딸아이를 통해 영속화하고자 한다. 그러므로 〈SKY 캐슬〉은 단순한 교육 풍자극이 아니라, 부모 세대의 신분 상승 자산을 자식 세대에도 전수하거나 상속하고자 하는 '계급 재생산 서사'인 셈이다. 개인이 감당할 수 없는 비용과 시간을 쏟아부으며 '서울의대 합격 프로젝트'를 진행하는 부모의 고군분투를 자식에 대한 사랑으로만 볼 수 없는 까닭이다.

프랑스의 사상가이자 교육사회학자인 피에르 부르디외는 학교 교육의 성취가 현대인의 미학적 취향과 계급 재생산에 영향을 미친다고 보았다. 그는 『재생산: 교육체계 이론을 위한 요소들』, 『호모 아카데미쿠스』와 같은 저작에서, 제도교육이 계급적 차이를 구성하고 결정하는 '상징조작誤認', 다시 말해 계급적 '구별짓기distinction' 효과를 발휘한다고 말하였다. 'SKY 캐슬'의 공간적 분할이 문제적인 까닭도, 그곳이 비루한 대지와 분별되는 상류층의 마천루로 신성화되기 때문이다.

물론 지배집단을 향한 개개인의 상승 욕망 자체를 나무라거나 욕할 수 없다. 우리는 모두 세속적이고 속물적인 존재인 탓이다. 하지만 경제자본이나 학력자본이 누군가의 삶을 결정짓고 분별하는 사회를 건강한 공동체라 부를 수는 없다. 그래서일까? 한서진 역시 진로교육 멘토인 명주 언니(김정난)의 비극적 죽음에 충격을 받고 잠시 혼란을 느끼기도 한다. 하지만 대학 진학을 계급 재생산의 수단으로 삼는 인식을 바꾸는 데까지 이르지는 못한다. 학벌을 통해 계급 재전환을 시도하는 현대 사회의 야만성을 폭로하기 위해, 한서진의 과거를 알고 있는 동창 이수임(이태란)이 등장하는 것은 그래서 자연스럽다. 수임과 서진의 갈등과 대립은 교육의 목적에 대한 첨예한 가치 투쟁으로 이어진다. 극작가와 연출진은 두 사람의 관계를 이분법적 선악 구도로 몰아가지 않기 위해 노력한다. 이는 드라마의 긴장감을 유지하기 위한 구성 전략이기도 하지만, 사회적으로 관행화된 계급 재생산 전통이 얼마나 뿌리 깊은 '벌열 체계'에 기반해 있는지를 성찰하게 하는 극화 형식이다.

계급 피라미드의 상층부에 위치해 있는 성벽은 너무나 견고하다. 이수임의 직업이 동화작가라는 설정은, 캐슬의 해체가 순탄치 않은 일임을 짐작하게 한다. 그러므로 우리는 그 굳건한 영토로 입성하기 위한 자원 탈환의 투쟁이 아니라, 'SKY 캐슬'의 성곽과 장벽 자체를 허물고 부수는 길로 나아가야 한다. 동시대의 아빠/엄마에게 필요한 것은 악역을 자처하는 희생적 휴머니티가 아니라, 경쟁에서의 승리를 사랑으로 '오인Doxa'하는 마음과 싸우는 일이다.

그대라는 우산

주말 저녁 아내와 함께 동래읍성 산책을 다녀왔다. 극성스러운 미세먼지의 심술을 달래듯 봄비는 차분히 내리고 있었다. 각자 우산을 쓴 채 걷다, 비가 조금 잦아들면 우산을 접었다가, 다시 한두 방울 떨어지기 시작하면 우산 하나로 서로의 어깨를 붙였다.

해가 진 읍성의 촉촉한 흙길을 따라 걸으며, 근자에 출간된 황정은의 연작소설을 생각했다. 바로, 『디디의 우산』이다. 이 책에는 「d」와 「아무것도 말할 필요가 없다」 두 편의 중편소설이 수록돼 있다. 이미 문학 매거진에 발표된 것이지만 이들 작품은 작가의 연작 기획에 맞게 재구성된 텍스트이다.

그중에서도 특히, 첫 번째 이야기가 마음에 와닿는다. 표제 'd'는 주인공의 이름이다. 현대인의 익명성을 기호나 숫자로 표현하는 인물묘사 방법이야 새로울 게 없지만, 핵심 인물을 d로 호명하는 서사 전략은 예사롭게 보아 넘길 문제가 아니다. d의 시선 속에 포착된 등장인물이 이승근, 고경자, 김귀자, 김정엽, 윤충길, 윤선오, 여소녀 등과 같이 이름을 가진 인물로 명명되는 것과는 상반된다. 그렇다면 황정은의 d는 어떤 캐릭터인가.

작품 속에 노골적으로 드러나진 않지만, d의 의미 맥락을 살펴보면 '데스death' 정도가 될 듯하다. 물론 주인공 d의 실존적 상태를 나타내는 알파벳 기호는 생물학적 죽음보다는 사회적 죽음을 표상한다. 타인과의 의사소통망이 단절되고 공동체 내에서 소외된 인간, 다시 말해 어떤 효용적 쓸모도 갖지 못하는 인간이 d인 셈이다. 아마도 장편소설 『여기에 없도록 하자』의 저자 염승숙이라면, 'd'를 '햄'이라고 불렀을 테다.

d는 완전히 소멸하지 않고 반쯤 죽어 있는 상태를 의미한다. 좀비와 다를 바 없는 사회적 잉여체이다. 지그문트 바우만이라면 '쓰레기가 되는 삶'이라고 명명했을 철학적 대상이자 의제이다. 학생들의 표현을 빌리자면, 'D'야말로 가장 곤혹스러운 평가 표기(학점)이다. 'F' 상태가 되면 아예 교과목 이수를 포기하거나, 어쩔 수 없이 재수강할 수밖에 없다. 그런데 D는 어떠한가? 재수강을 하기도 그렇고 안 하기도 그렇고, 대략 난감이다.

결국 d란 확실히 낙오fail하거나 파산하진 않았으나, 인생이라는 커리큘럼에서는 벼랑 끝까지 내몰려 있는 위태롭고 취약한 생의 조건을 의미한다. 실제로, 이 작품에 등장하는 d는 하루하루를 힘겹게 버티며 살아가는 뭇 청년의 모습으로 그려진다. d의 열악한 직업("김포공항 식자재 센터"에서 "음식물쓰레기"를 치우는 일)과 궁핍한 거주 공간("대규모 아파트단지와는 거리"가 있는 "가장자리")은 그의 왜소함과 주변성을 통일성 있게 구성하는 성격화

characterization 기법이다.

그러나 우리가 이 작품에 공감하는 까닭은, 작가의 빼어난 언어 감각과 미학적 퀄리티 때문이 아니다. 황정은 소설의 진정한 가치는 서사 전개의 매끄러움과 문체의 아름다움이 아니라, 타인의 고통을 회피하지 않겠다는 작가적 윤리에 있다.

d에게는 회복 불가능한 상처가 있다. 세상에서 유일하게 자신을 이해하고 사랑해주는 연인인 'dd'를 잃은 트라우마가 그것이다. 십여 년 만에 동창회에서 만난 두 사람은 조금씩 가까워지면서, 서로가 서로의 '우산'이 되어 준다. d는 dd의 우산 속으로, dd는 d의 우산 속으로 들어가 비를 피한다. d는 dd를 만나 행복이라는 말의 의미를 알게 된다. 하지만 두 사람의 즐거운 삶도 잠시, dd는 퇴근길에 급작스러운 사고로 세상을 떠나게 된다. dd의 죽음과 부재는 애척의 슬픔만이 아니라, d의 몸에 있는 온기를 모두 앗아가는 참담한 고통과 자기 파괴적 상실감을 안겨준다.

d는 자신의 마음을 이해하고 따뜻하게 감싸주는 dd가 있기에 외롭고 고단한 삶을 견딜 수 있었다. dd의 물건에는 여전히 온기가 남아 있지만, 그는 더 이상 이곳에 없다. 어둡고 차가운 도시를 함께 걸어갈 동반자가 사라져 버린 것이다. 그래서일까, 소설의 이야기는 주인공 d가 겪게 될 드라마틱한 사건이 아니라 dd의 황망한 죽음/부재로부터 시작된다.

비바람을 막아줄 '마음의 우산'이 찢어진 시대, 이런 각박한 세상에서도 인간의 생은 지속될 수 있을까. 황정은 작가는 궁극적으로 세월호와 같은 "속수무책"의 참상을 목격한 이후에도, 남은 삶을 살아가야 하는 현대인의 윤리적 부채와 실존적 가치를 되묻고 있다. 돈이 많든 적든, 권력이 있든 없든, 우리는 누구나 예기치 못한 충돌 한 번에 난파될 수 있는 미약하고 보잘것없는 존재이다. 또 나이가 들수록 우리 몸은 점차 마모되고 부서질 수밖에 없다. 황정은 작가의 말처럼 그것은 "잔혹한 광경"일지 모른다. 하지만 그 길을 함께 걸어갈 '그대라는 우산'이 있다면, 조금은 남은 여정이 덜 외롭지 않을까.

비가 내린다. 비가 오지 않는다. 또다시 비가 내려도 어깨가 젖지 않는다. 그대가 '나'의 우산이 된다. 그대가, 그대만이 '우리'의 우산이 된다.

밀양의 마음

비가 추적추적 내리는 아침, 경남 밀양으로 향했다. 3·1만세운동 100주년을 맞아 지역의 항일 정신이 깃든 장소를 답사할 기회가 생겼기 때문이다. 경남과 부산에 만세운동 사적지와 항일 유적지가 적지 않은데도, 굳이 밀양을 찾은 것은 지난해 매우 의미 있는 역사공간이 문을 열었기 때문이다. 해천의 항일운동테마거리에 위치한 '의열기념관'이 그곳이다.

영화 〈암살〉(2015)과 〈밀정〉(2016)에는 공통 인물이 등장한다. 바로, 의열단의 약산若山 김원봉이다. 잘 알려진 것처럼 민족 해방을 위해 의롭게 자기 몸을 투탄하는 청년 의열단원의 절의와 희생정신은 식민 통치자의 골머리를 아프게 한 '공포의 무기'였다. 단장 김원봉은 3·1운동 이후 일본 경찰과 군인, 친일 부역자의 간담을 서늘하게 만든 의열단의 수장이자 광복군의 부사령관이다.

약산의 생가터에 건립된 '의열기념관'은 김원봉만이 아니라 김대지, 황상규, 한봉근, 이종암, 이성우, 김상윤, 윤세주 등과 같은 의열단원의 숭고한 희생과 저항 정신을 기리고 있다. 특히 기념관 옥상에 올라서면 김원봉의 평생 동지였던 석정 윤세주의 생가터를 확인할 수 있다. 어린 시절 두 사람의 '의열義烈 정신'을 키워낸 밀양 땅의 충직한 기운을 마주하고 있자면 절로 고개가 숙여진다.

해천을 중심으로 하여 좌우편에 자리 잡은 인가에는 김원봉과 윤세주 외에도 독립운동가 이장수, 전홍표의 생가지가 있으며, 또한 몇 걸음만 더 걷는 수고를 보태면 고인덕, 김대지, 김병환, 윤보은, 윤방우, 윤치형, 정동준 등의 독립지사 생가터도 만날 수 있다. 수많은 항일지사를 낳은 명당 해천은 과거 밀양읍성을 따라 조성된 방어용 해자로, 최근 '항일운동'의 흔적을 스토리텔링하며 새롭게 복원된 역사공간 콘텐츠이다.

이런 항일운동테마거리의 구심점 역할을 하는 곳이 '의열기념관'이다. 그러나 75명에 이르는 밀양 출신 독립운동 수훈자의 명단에는 정작 의열단장 김원봉의 이름이 빠져 있다. 왜 그럴까? 1948년에 월북하여 북한정권 수립 초기 국가검열상과 노동상 등을 역임하였다는 게 그 이유이다. 하지만 해방 이후의 이념적 노선에 근거하여, 일제의 심장에 폭탄을 던진 '의로움'마저 소거하는 것은 지나치게 경직된 사고이다.

기념관의 전시 문구에서도 확인할 수 있듯, 의열단의 최고 이상은 네 가지이다. 첫째 '구축왜노'(왜적을 몰아낸다), 둘째 '광복조국'(조국을 되찾는다), 셋째 '타파계급'(계급을 없앤다), 넷째 '평균지권'(토지를 고루 나눈다). 의열단은 민족주의와 계급주의를 기반으로 식민제국의 착취와 수탈에 맞서 싸운 항일 조직이다. 포스트식민주의 이론가 로버트 J. C. 영에 따르면, 민족주의와 마르크스주의의 결합을 통한 반외세 투쟁은 1920년대 탈식민주의 운동의 세계사적 흐름이다. 반식민의 관점에서 민족주의와 국제적 사회주의는 공통의 목적을 공유하고 있었다.

김원봉은 일본 제국주의의 무단 통치 체제에 심각한 타격을 가하며 무장 투쟁의 선봉에 섰다. 그의 해방 후 행적이 일제강점기 민족 해방 투쟁의 역사를 무효화시킬 수는 없다. 월북 이후의 행적에 대한 공과는 별개로 따지더라도, 조국과 민족을 위해 청춘을 바친 이의 숭고한 삶을 더 이상 외면해서는 안 될 것이다. 이는 여성 독립운동가이자 약산 김원봉의 아내인 박차정 의사의 경우에도 마찬가지이다. 몇 해 전까지만 해도, 밀양시 부북면에 있는 박차정의 묘는 거의 방치되어 있다시피 했다. 기미년 만세운동 100주년을 전후로 뜻있는 분들의 마음이 모여 조금은 정비가 된 듯하나, 그녀의 묘소로 가는 길은 여전히 험난하고 가파르기만 하다. 비가 오는 역사문화 탐방길, 누군가 손수 그려 만든 이정표를 따라가는 발이 자꾸만 진창 속으로 빠진다.

물론, 동족 간에 총구를 겨눈 한국전쟁의 적대적 트라우마와 냉전 대결의 상처는 전후 세대의 통념보다 훨씬 더 깊고 아프다. 정략적인 경우가 아니라면, 약산의 서훈에 반대하는 사람들의 마음을 헤아리고 설득하고자 하는 노력 역시 경주되어야 하는 까닭이다. 항일운동테마거리가 끝나는 '남문공연장'에서 보면 독립운동가의 많은 생가지는 해천의 왼편左에 위치해 있다. 그러나 거꾸로 테마거리 입구인 '진입 광장'에서 바라보면, 항일투사의 집터는 대부분 해천의 오른편右에 자리하고 있음을 알 수 있다. 그러니 문제는 좌우의 분별이 아니다.

밀양의 마음은 오직 '한길'이다. 가치와 이념은 달라도, 일제의 속박과 착취로부터 벗어나고자 하는 '항거의 심상心象'은 결코 다르지 않다. 기미년에만 여덟 차례의 만세운동이 융기한 밀양이 종교와 이념을 초월한 투쟁의 장소로 기록될 수 있었던 것은 우연이 아니다. 폭압적인 제국의 신민/노예가 되지 않겠다는 신념 아래, 안정적인 삶의 자리를 박차고 나선 순수한 영혼의 고된 항거를 오래된 이념의 푯대로 갈라칠 수는 없는 노릇이다. 의로운 정신의 고장, 밀양이 우리에게 가르쳐준 역사, 아니 마음이다.

캠핑클럽, 다시 'Blue Rain'

핑클이 돌아왔다. 무더운 여름밤, 가족과 둘러앉아 새 예능 프로그램 〈캠핑클럽〉(JTBC, 2019)을 본다. 1세대 여성 아이돌 그룹이라 할 수 있는 '핑클'의 이효리, 이진, 옥주현, 성유리 씨가 완전체가 되어 출연하는 것만으로도 이슈가 될 법하지만, 나로서는 핑클이 데뷔한 지 벌써 이십 년이 지났다는 사실이 더 놀랍다.

1990년대는 대중문화의 격변기라 부를 수 있다. 동구권의 사회주의 국가체제가 몰락한 이후 거대 담론이 퇴조하고 개인의 가치관과 스타일이 중시되는 소비문화가 확산되었다. 세기말의 묵시록적 풍토가 청년들의 구체적인 삶까지 스며들진 않았지만, 1997년 국가 부도 사태를 겪으며 미래의 불확실성을 체감하게 되었다.

핑클은 이 시기에 등장했다. IMF 관리체계가 본격화된 1998년 5월에 1집 앨범 〈Fine Killing Liberty: Blue Rain〉을 발매한 것. 우연의 일치이긴 하지만, 당시 이삼십 대를 보낸 이들에게는 기억할 만한 문화적 사건이다. 대학 진학을 하든, 취업 전선에 나서든, 혹은 그 어떤 방식으로 사회생활을 시작하든, 90년대를 통과해온 청년이라면 국가의 막대한 빚을 변제해야 하는 채무 환경에서 사회 초년생의 삶을 개시할 수밖에 없었기 때문이다.

당시에는 깨닫지 못했으나, IMF사태 이후 가속화된 신자유주의적 자본주의는 너무나 가혹한 경제시스템이었다. 토마스 홉스가 언급한 '만인의 만인을 위한 투쟁', 혹은 속류 다윈주의자들이 잘못 베껴 쓴 '인간 진화의 적자생존 논리'가 다시 고개를 들었다. 주지하다시피, 자본주의는 자유경쟁의 효과를 인간 본성의 발현으로 삼는다. 인간의 야망과 이기심은 거스를 수 없는 자연의 법칙이자 사회경제 운용의 원칙으로 수용되고 전파되었다.

노동자의 비정규화와 구조조정이 '외환위기 극복'이라는 국가적 과업으로 실행되었으며, 기업은 시장 경제의 낙오자를 퇴출시킬 수 있는 대의명분과 법률적 장치를 갖추게 되었다. 그렇게 '경쟁'과 '도태'의 구조는 일상화되었다. 누군가를 제치거나 밟고 일어서지 않으면 생존 경쟁에서 뒤처질 수밖에 없는 적대적 커뮤니티가 형성되었고, 타인을 배려하는 '인간적 가치'란 값싼 감상주의로 치부되었다. 인간과 인간의 목숨을 건 생존 투쟁에서 우리가 잃어버린 것은 무엇일까.

14년 만에 재회한 핑클의 캠핑클럽에서 첫 앨범 타이틀곡 'Blue Rain(블루 레인)'이 흘러나온다. 20여 년 만에 듣는 노래가 예사롭게 들리지 않는다. 이제는 만날 수 없는 그대를 그리워하는 이 우울한 비가悲歌는 외환위기 세태의 멜랑콜리한 사회 정조를 환기시켜 주는 듯하다. 약간의 비약이 허락된다면, 핑클의

'Blue Rain'은 IMF사태 이전의 포용적 공동체를 회복하지 못할 것이라는 현대인의 근원적 상실감을 표상하는 문화적 징후처럼 인식되기도 한다. 국가/부모의 빚을 대물림한 세기말 청년들의 각박한 마음을 위로해줄 '그대human'는 더 이상 존재하지 않기 때문이다.

그들의 음악이 동시대의 우울한 풍경을 예민하게 감지한 예술적 성취라거나, 아름다운 별리別離의 노랫말을 문학적으로 극대화했다는 상찬을 늘어놓고자 하는 게 아니다. 한 아이의 아빠가 된 X세대 아저씨의 낭만적 회고담 역시 아니다. 핑클의 〈캠핑클럽〉은 그저 지난 시절을 풍미한 서브컬처의 복고물이 아니라, 지금 우리 사회가 가꾸어가야 할 공동체 구성의 근본 과제를 생각하게 한다.

핑클은 SES와 더불어, 한국 대중음악사에서 거의 첫 자리에 놓이는 여성 아이돌 그룹이다. 4명의 멤버는 높은 대중적 인기를 구가하며 선망의 대상이 되기도 했지만, 이십 대 가수로는 감당하기 힘든 스케줄과 인간관계, 그리고 내부 경쟁으로 인해 심적 스트레스를 받기도 했다. 〈캠핑클럽〉이 시청자의 주목을 끄는 이유는, 다시 식구食口가 된 네 사람이 과거에는 말하지 못했던 속내를 드러내며, 그 상처를 조금씩 치유해 가는 여정을 보여주기 때문이다. 그러므로 핑클의 캠핑장은 단순한 휴양지가 아니라 서로 간의 오해를 지워가는 대화의 마당이 된다. 근사하게 튜닝한 캠핑카나 일상 바깥의 여행지보다 더욱 아름다운 것은, 함께 밥을 먹고 잠을 자며 상대를 이해하기 위해 애쓰는 마음이자, 서로에게 진심으로 용서를 구하고자 하는 용기이다.

인간의 본성은 이기적일 수 있다. 그러나 이기심뿐 아니라 이타심도 인간의 덕목이다. 『다윈주의 좌파』(이음, 2011)의 저자 피터 싱어가 '이기적 유전자'(리처드 도킨스)를 인용하며 말했던 것과 같이, 인간의 이기심이 성찰되고 관리될 수 있다면 우리 사회의 적대성은 변화될 수 있다. 나도 '핑클'도 불혹의 나이가 되었다. 한국 사회가 이십 년 전보다 나아졌다고 말할 수는 없겠지만, 우리를 감미로운 음악으로 위로해 주던 '요정' 핑클은 이전보다 더 따뜻한 '어른'이 되어 새로운 감동을 전해주고 있다. 그것은 바로, IMF 이후 우리가 잃어버린 마음, 인간에 대한 애정과 신뢰를 회복하는 일이다.

판타지의 온도

가을학기부터 '한국현대소설의 이해' 강좌를 맡게 되었다. 학생들에게 소설의 개념과 발생 배경을 설명하고 서사 텍스트 분석에 필요한 이론과 실제를 가르친다. 다른 문학 수업의 경우에도 마찬가지지만, 강의 전에 항상 강조하는 게 있다. 문학 작품을 읽는 이유가 무엇이며, 어떤 쓸모가 있는가이다. 근자에 출간된 정유정의 장편소설 『진이, 지니』(은행나무, 2019)는 좋은 예시 텍스트가 된다.

서스펜스 넘치는 문체와 구성으로 백만 독자를 열광하게 했던 전작과 달리, 이 작품은 인간의 실존적 삶과 윤리적 태도에 관해 질문하고 있다. '실존'과 '윤리'라는 술어術語는 곤혹스럽다. 철학적 탐구는 인간과 자연을 이해하고 표현하는 데 필요한 앎의 과제가 분명하지만, 개념적 어휘로 그것을 설명하는 것은 여간 어려운 일이 아니기 때문이다. 그러나 『진이, 지니』는 묵직한 삶의 주제를 사변적 언술이 아니라 흥미로운 소재와 상상력 넘치는 스토리로 펼쳐내고 있다.

소설의 핵심 배경은 '무곡마을'이다. 전작 『7년의 밤』에서 보여주었던 탁월한 공간 묘사는 여기서도 빛난다. 소설가 정유정의 섬세한 지리 감각은 사건의 얼개를 조직하고 가시화하는 구성 장치에 머물지 않고, 작가 특유의 서사적 스릴감을 형성하는 원리가 된다. 소설을 영화로 만든 〈7년의 밤〉이 서사적 변주와 흥행에는 실패했지만, 도입부만큼은 긴장감 넘치는 장면을 연출할 수 있었던 이유도 여기에 있다. '무곡'은 단순한 물리적 장소가 아니라 새로운 사건과 의식이 발생하는 심미적 공간이다.

주인공 '진이'는 무곡의 망아산에 위치한 한국과학대학교 영장류연구센터의 책임사육사이며 천부적으로 동물의 감정을 파악하는 능력을 갖고 있다. 베를린 유학을 떠나기 전날 밤, 그녀는 스승인 '장 교수'와 함께 119구조대의 요청을 받고 업무 지원을 나간다. 무곡의 끝자락에 위치한 인동호 주변 별장에 화재가 났고, 그 와중에 밀반입된 보노보가 탈출했기 때문이다. 두 사람은 보노보를 무사히 구조하지만 연구센터로 돌아오는 길에 큰 사고가 난다. 교통사고는 새로운 이야기의 변곡점이 되는데, 이 장면에서 환상적 요소가 개입한다. 진이는 의식불명 상태에 빠지고 '지니JINNY'라고 명명한 보노보의 몸에 '인간 진이'의 영혼이 들어간다. 표제 '진이, 지니'는 이렇게 만들어진 것이며, 이때부터 자신의 육체를 회복하기 위한 주인공의 모험이 시작된다.

판타지적 연대기를 근대소설(혹은 본격소설)의 형식적 역행이라 비판할 수도 있겠지만, 작가의 의도와 주제를 고려한다면 충분히 납득 가능한 구성 방식이다. 이를 과학이나 무속적 용어

("이인증", "유체이탈", "빙의" 따위)로 설명하는 것은 불필요하다. 전체 '장 구분'(3부 12장)의 바깥에 위치해 있는 프롤로그에서도 이미 서사적 단서를 제시하고 있다. 진이는 과거 콩고의 수도인 킨샤사에 잠시 머물다 우연히 '지니'를 만난 적이 있다. 밀렵꾼에 의해 고가의 상품으로 팔려 가기 직전 자신에게 절실한 눈빛과 몸짓으로 구조 요청을 보내던 보노보가 바로 지니였던 것이다. 그녀는 지니의 절망적인 '부름'을 외면하고 도망쳤으며, 그 죄책감과 부채의식으로 인해 귀국 후 영장류연구센터를 떠나기로 결심한다.

'인간 진이'가 '동물 지니'의 몸속에 들어갈 수밖에 없는 이유는 너무나 명백하다. 두 존재의 영혼은 하나의 몸에서 교감하기도 하고 또 충돌하기도 한다. 현재에서 과거로, 과거에서 대과거로 이동하며 보노보의 부서진 기억이 복구된다. 그것은 지니가 콩고에서 한국까지 납치되어 오며 경험했던 참혹한 고통과 상처를 목격하는 과정이자, 인간 문명의 야만성과 폭력성을 마주하는 과정이다.

그러나 현실과 환영, 인간과 동물의 경계를 넘나드는 정유정 작가의 '환상적 리얼리티'는 나이브한 인간중심주의 비판이나 본질적 생태주의로 귀결되지 않는다. 굳이 마르틴 하이데거를 인용하지 않더라도, 이 소설은 삶의 유한성 속에서 진정한 인간다움의 가치가 무엇인지를 되묻는 철학적 질문에 육박하고 있다. 그녀의 육체는 사고의 여파로 회생이 불가능한 상태이기 때문에, 생존을 위해서는 지니의 몸과 영혼을 지배하고 식민화할 수밖에 없다. 하지만 진이는 당당하게 '윤리적 죽음'을 택한다. 또 다른 주인공 '김민주'도 그녀의 용기 있는 결단을 응원하며, 보노보가 고향으로 돌아갈 수 있도록 돕는다. 어쩌면 조금은 낭만적인 결말이라고 느낄지도 모르지만, 박약한 휴머니즘의 틈새에서 따뜻한 온기를 체감할 수 있는 뭉클한 이야기이다.

이와 같이 『진이, 지니』의 판타지는 비현실적 공상이 아니라, 치열한 생존 경쟁에서 잃어버린 인간의 심성을 회복시켜주는 치유의 서사이다. 종의 차이를 넘어서 누군가의 구조 요청에 귀 기울이고자 하는 마음, 그 미약한 신호를 외면하지 않는 것이 동시대 픽션의 쓸모이며, 지금도 우리가 소설을 읽는 이유이다.

학자금대출과 도덕률

도의적 인간도 아닌데

남산동 캠퍼스에 봄이 왔다. 신입생을 맞이하는 환한 미소와 설렘이 교정 곳곳을 채우고 있다. 입학식과 예비대학, 학과별 오리엔테이션 프로그램을 준비하는 재학생의 활기찬 걸음걸이를 보니, 개강이 목전에 와 있음을 느낄 수 있다. 그러나 나는 이 봄이 마냥 편치만은 않다.

되돌아보면, 나의 개강은 늘 '학교'가 아닌 '은행'에서 시작되었다. B은행, N은행, K은행…… 새 학기 학자금 대출을 받기 위해서이다. 요즘은 한국장학재단에서 온라인으로 학자금 대출을 신청하는 모양인데, 당시만 해도 대출 보증인(부모)과 함께, 은행 창구를 방문해 이런저런 서류를 작성해야 했다.

부친께서 은행 직원과 이야기를 나누는 동안, 나는 허리를 바르게 세우고 과장될 정도로 '착한 자세'로 앉아 있었다. 장기채무 상환에 문제를 일으키지 않을 선한 학생이라는 듯, 매우 순박한 표정을 연출하면서 말이다. 그럴 리는 없겠지만, 혹시라도 은행 대출계에 잘못 보여 등록금을 빌리지 못하지는 않을지, 무척 걱정했던 것 같다.

지금 생각하면 어색하기 짝이 없는 행동이지만, 그 순간만큼은 너무나 절박한 몸짓이었다. 개인적 회고담을 늘어놓은 것 같아 부끄럽지만, 여기에서 대학 시절의 사연을 복기하는 이유는 따로 있다. 부채가 단순히 개인의 경제적 조건이나 자산 관리 역량의 문제가 아니라는 점이다. 부채는 인간의 삶을 '억압하는 사회적 조건' 중 하나이다.

이탈리아의 저명한 마르크스주의 사상가 마우리치오 라자라토는 『부채 인간』(메디치미디어, 2012)과 『부채 통치』(갈무리, 2018)에서, 인간이 자본주의 사회 속에서 '부채' 없이 살아가는 것은 불가능하다고 말하고 있다. 우리는 모두 '부채 인간Homo Debitor'이다. 하지만 '빚'은 우리에게 물질적 채무만이 아니라, 과도한 책임감과 죄책감을 함께 부여한다. 그래서 빚진 자는 도의道義적일 수밖에 없다.

나는 등록금 대출 창구에 앉을 때마다, 누구보다 강한 '도덕률'을 가동하곤 했다. 은행 직원이나 부모님, 그 누구도 내게 강요하지 않았지만, 스스로를 자본주의 시스템이 원하는 '도의적 인간형'으로 탈바꿈시켰다. 물론 내 사연은 '부채 인간'의 작은 실례일 뿐이다. 하지만 이를 통해 부채가 개인의 경제적 문제만이 아니라, 사회적이고 정치적인 의제라는 것을 상기할 수 있다. 즉, 부채는 우리 삶을 억압하고 통제하는 금융 자본주의의 견고한 통치 원리/체계인 것이다.

개강은 새로운 앎을 여는 해방의 '빛'인 동시에, 또 다른 부채를 가산하는 식민의 '빚'이다. 적어도 내게는 그랬다. 방학이 끝나고 신학기가 시작된다는 건, 또 얼마만치의 '빚'을 지게 된다는 뜻이기 때문이다. 그러나 학자금 대출은 '물적 빚'만이 아니라, '마음의 빚'을 얻는 일이기도 했다. 그것은 단순한 금융 채무가 아니라, '나' 자신이 (가정 경제에 보탬이 되지 않는) 무능력한 존재임을 재차 확인하는 계기였기 때문이다. 그래서 마음이 아렸다.

이십여 년이 지난 지금은 어떠한가. 이 봄은 정말로, 청년(들)에게 따뜻한 계절이 되었을까. 여전히 그렇지 못한 듯하다. 최근의 언론 보도에 따르면, 부채를 지닌 20대 청년의 비율이 50%("48.1%", 『중앙일보』, 2018.1.31.)에 육박하고 있으며, 대학생 5명 중 2명이 "등록금"과 "생활비"를 새 학기의 가장 큰 고민(『파이낸셜뉴스』, 2018.2.26.)으로 꼽았다고 한다.

분명 열심히 '알바 노동'을 하고 절약하는 데도 불구하고, 왜 청년(들)의 빚은 늘어만 갈까. 그리고 나의 빚은 왜 줄지 않았을까. 마우리치오 라자라토는 이러한 물음에 대해 진지하게 응답하고 있다. 네 잘못, 아니 우리 잘못이 아니라고.

시네마,

세계를 변혁하는 사유의 텍스트

4부

휴머니티의 이면

작년에 이어, 올해도 분단을 소재로 한 한국영화(들)이 개봉되었거나 제작 중이다. 가장 근자에 개봉한 〈공조〉(2017)는 〈국제시장〉의 윤제균 감독이 제작을 맡고 김성훈 감독이 메가폰을 잡은 작품이다. 그래서일까? 윤 감독 특유의 휴머니즘적 색채는 이 영화에도 깊이 반영되어 있다. 아니, 오히려 그것은 〈공조〉를 구성하는 서사적 토대이자, 분단 체제론을 극복하기 위한 '남북 공조'의 방법론처럼 보인다.

작품의 대강은 이렇다. 북한 인민보안부 특수수사대 대장 차기성(김주혁)은 평양 인근의 215공장에서 '위조(달러)지폐 동판'을 탈취한 후 수하들과 탈북한다. 이를 저지하고자 하는 인민보안부 수사대 특수과 소속 임철령(현빈)은 상관 차기성으로부터 배신을 당하고 아내와 동료를 잃는다. 그는 "식구 같은 동지들"과 아내의 죽음에 대한 복수를 위해 '북남 장관급 회담'의 사절단에 포함되어 남한으로 오게 되고, 대한민국 형사 강진태(유해진)와 공조수사를 하게 된다.

하지만 임철령과 강진태의 공조수사는 시작부터 삐걱댄다.

왜냐하면 남과 북은 각기 다른 목적과 이유를 지닌 채 수사를 진행하기 때문이다. 남한의 국가정보원과 북한의 인민보안부는 '위폐 동판'을 확보하기 위해, 서로를 감시하고 도청한다. 그러나 남북한 정보기관이 극비수사 임무를 강조하는 것에 비해—"국정원이 개입한 사실을 아무도 알아서는 안 돼요"라고 말하는 것—, 이 작품은 너무나도 쉽게 수사 비밀을 노출시킨다. 그래서 〈공조〉는 스릴러 텍스트가 아니다.

또한 관객들이 이 작품의 심미적 한계를 대놓고 용인하고 있는 것과 같이—관객과 감독이 '오락적 패턴'을 공조하고 있는 것처럼—, 〈공조〉는 스토리의 치밀함이나 영상미학적 정교함을 중시하는 영화 역시 아니다. 그보다는 오히려 남성미 넘치는 주인공의 화려한 액션과 속도감이 중요한 감상 요소가 된다. 그래서 임철령은 달리고 또 달린다! 2층 건물과 고가도로에서 뛰어내리고, 울타리와 벽을 타고 넘으며, 도로 한복판을 가로지른다. 여기에 차량 추격전과 총격전까지 보태지면, 영화 〈공조〉의 오락성은 정점으로 치솟는다.

코믹 캐릭터 강진태의 역할도 한몫한다. 그는 1인 히어로물의 한계를 보충하며, 이 영화의 오락적 기능을 상승시키는 '극적 공조'를 수행한다. 더 나아가, 그는 남성적 호전성을 상징하는 북한 검열원(형사)과의 상호교섭을 촉구하는 관용적 휴머니티를 보여준다. 양자의 만남은 적대적 대상과의 소통/화해 드라마로 진전되고, 이 과정에서 두 형사를 감싸고 있던 불신과 갈등은 어느 새 조화롭게 극복된다. 아마도 김성훈 감독은 이념과 편견으로 점철되고 분열되어 있는 남북한의 모습을 불가능한 공조 과정, 혹은 경계를 넘어선 인간적 만남을 통해 보여주고자 했던 것 같다.

하지만 이 작품의 갈등 해결 방식은, 오히려 분단 현실의 복잡한 어젠다를 지우는 효과를 발휘한다. 〈공조〉에서, 남북한의 적대 관계는 아름다운 휴머니티로 채색되고 성급하게 화해된다. 공조 임무가 끝나는 시간은 그래서 무척 평화롭다. 허나, 이런 인간적이고 로맨틱한 결말은 한반도의 냉전 체계가 얼마나 무서운 관계 단절과 적대 속에서 지속되고 있는지를 탈색한다. 마르크스주의 문화연구자 레이먼드 윌리엄스에 따르면, 이데올로기란 특정 집단의 공통 사상이나 신념 체계만이 아니라—강진태가 말하듯 '민주적'과 '공산적'인 게 중요한 게 아니라—, 우리 삶의 모순과 변혁적 가능성을 은폐하는 지배질서의 허위의식이기도 하다. 〈공조〉를 단순히 오락영화로 이해하는 감상 태도에서 한 걸음 더 나아가야 하는 것은 이 때문이다.

이 영화의 화려한 스펙터클과 감상적 휴머니티는 '분단 상황'을 재생산하는 냉전 체제의 고단함과 정치적 입장을 철저하게 소거하고 있다. 다시 말해, 〈공조〉의 낙관적 인간애 속에는 한반도 분단 체제를 영속화하고자 하는 지배 담론의 허위의식과 탈정치적 포즈가 감추어져 있는 것이다. 그래서 이 작품은 대단히 첨예한 국제정치적 소재를 다루면서도, 전혀 '정치적인 감각'을 제공하지 못한다. 하지만 〈공조〉를 '킬링타임용 영화'로만 소비할 수는 없다. 왜냐하면 이는 개인과 국가, 혹은 한반도 민족구성원과 민족공동체의 문제를 비판적으로 사유할 수 있는 인문(학)적 계기를 촉발하기 때문이다.

주디스 버틀러는 『누가 국민국가를 노래하는가』에서, 국가와 개인의 긴장 관계를 이해하는 데 도움이 되는 'state'라는 용어를 제시하고, 이를 이중적으로 독해할 것을 제안하고 있다. 그녀에 따르면, 'state'는 '국가/상태'로 겹쳐 읽힌다. 개인의 상태state는 그(녀)가 속한 국가의 상태state와 긴밀하게 연결되어 있으며, 그래서 현대 사회를 살아가는 개인의 안위는, 누구나 국가의 포섭 구조로부터 무관할 수 없다. 달리 말해, 우리가 분단된 국가state 속에서 살아가는 한, 우리 삶의 상태state는 '한반도 분단 체제'의 영향 관계(망)에서 결코 자유로울 수 없다는 것이다.

자신이 속한 국가에 대한 '순정한 충성'과 '완전한 탈주'는 둘 다 불가능하다. 임철령이 전자의 양상을 보여주는 인간형이라면―역설적이게도, 그에게는 국가의 임무보다 사적 복수가 중요하다―, 차기성은 후자의 양상을 상기시키는 인간형이다. 차기성처럼 국가의 영토와 질서 바깥으로 일시 탈주한다고 하더라도, 근대적 개인은 '국민-국가의 포섭 틀'로부터 온전히 벗어날 수 없다. 그러므로 우리는 끊임없이 질문해야 한다. '지금, 우리는 무엇을 할 것인가!' 대답은 의외로 간단하다. 우리 삶의 '상태'를 지배하는 분단 체제와 동아시아 국제정치에 대한 관심과 사유를 재구再構하는 것이다. 건강한 국가와 민족공동체를 건설해야 하는 시대적 소명은 우리 모두의 책무이기 때문이다.

그렇다면 주권자의 정치적 역량을 속도감 있는 액션과 멜로드라마적 사연 속에 반납할 수는 없다. 이는 분단 체제를 전유하는 지배질서의 통치 전략에 암묵적으로 '공조'하는 태도와 다르지 않다. 작금의 한반도 상황은 '신냉전 체제'라고 불릴 정도로, 남북한의 '평화 공조'가 불가능한 적대 상태에 놓여 있다. 이럴수록, 우리는 주권자의 정치와 대화 시도를 포기하지 않아야 한다. 현재로선, 그것만이 한반도 '평화 공조'의 가능성을 정초하는 유일한 길이기 때문이다.

불온한 지도

앞서 개봉했던 영화 중에서 지도와 권력의 관계를 비판적으로 사유해 볼 수 있는 필름 텍스트가 있다. 바로, 강우석 감독의 〈고산자, 대동여지도〉(2016)이다. 이 작품은 박범신 작가의 장편소설 『고산자古山子』를 원작으로 해서, 대동여지도를 제작한 김정호의 삶과 의미를 다시금 조명한 영화이다.

인간 김정호의 삶과 대동여지도의 제작 과정은 '고난의 가족사'로부터 출발한다. 중인 계층에서 태어난 김정호는, 어린 시절 '잘못된 지도' 때문에 아버지를 잃는다. 주인공의 과거 경험이 '대동여지도 탄생'의 서사적 계기로 제시되고 있는 셈이다. 그러나 생몰연대나 구체적인 생의 흔적이 거의 남아 있지 않은 김정호의 삶을 반복하듯, 그의 성장 과정은 생략되고 삭제된다. 여기에서 아버지의 죽음은 김정호 개인의 슬픔을 초극하는 공적인 과업이자 민중적 사업으로 도약한다.

아버지의 죽음이 국가가 보증하는 지도에 대한 맹목적 믿음("나라에서 발급한 지돈데, 한 번만 더 믿어 보자")에서 발생한 재난으로 인식될 때, 김정호에게 정확한 지도 제작은 백성들의 생명이나 안전을 책임지는 절박한 프로젝트가 될 수밖에 없다. 권력과 욕망, 더 나아가 하나뿐인 딸 '순실'이나 김정호 자신의 목숨과도 바꿀 수 없는 '대동여지도 목판 만들기'가 자기 자신에게 부여된 당위이자 숙명처럼 부여되는 것은 그 때문이다. 역으로, 이 영화에서 국가적 위기나 재난을 대하는 위정자들의 무능력과 무책임을 상상하는 것은 그리 어렵지 않다.

그러나 지금 우리에게 요구되는 것은, 손쉬운 비난의 길이 아니라 세계와 주체의 관계를 진지하게 이해하고자 하는 사유와 성찰이다. 지도Map에 대한 인문학적 물음이 시작되는 것 역시 이 대목이다. 와카바야시 미키오의 『지도의 상상력』(산처럼, 2006)에 따르면, 지도는 특정 지역의 공간적 정보를 모사해 놓은 객관적 보고서가 아니다. 지도는 가치중립적인 정보의 축약이 아니라—현대사회로 오면서 더욱 정교해지는 측량법에도 불구하고—, 특정 사회의 가치, 욕망, 지식, 세계관, 권력 작용 등이 반영되어 '상상'된 '사회적 공간상'이다. 즉, 지도는 불변적 사실의 기록이 아니라, '특정 집단이나 공동체의 사실'을 표상하고 있는 사회적 담론의 집적물인 것이다.

그렇다면, 지도는 인간에 의해 포착된 세계와 지역의 심상개념image이자, 특정 사회의 관습과 규약에 기반한 의미 작용과 다르지 않다. 이는 신화나 중세 시기에 만들어진 지도가 '괴물'이나 '낙원'과 같은 환상성을 보여주는 것이나, 근대 이후 만들어진 지도가 국제정치적 역학에 따라 각기 다른 '영토 경계선'을 주장하고 있다는 데서 쉽게 확인할 수 있다. 오해하지 말 것은, 와카바야시 미키오의 연구는 지도 제작 기술의 타당성이나 신뢰성을 폄훼하기 위한 것이 아니라는 점이다. <고산자, 대동여지도>의 주요 소재가 되는 '우산도(독도)'는 이를 잘 보여주는 증례이다.

강우석 감독은 근대 국민국가nation state로 이행하는 조선의 미래가 매우 취약하고 불안정한 상태에 놓여 있음을 보여주는 시대적 상징으로 '우산도'를 상상하고 있다. 우산도는 김정호(차승원 분)가 '대동여지도 목판'에서 유일하게 "채우지 못한" 곳이다. 제주도에서 백두산까지, 전국 방방곡곡을 답사하며 정교하게 작성한 대동여지도에 우산도가 포함되어 있지 않다는 것, 또 우산도로 가는 길이 매번 무산되는 장면은 이를 잘 보여주는 예이다. 지도란 단순한 지정학적 정보가 아니라 국민국가의 상징이다. 그래서 강 감독은 대동여지도 위에 '우산도'를 사후적으로 기입하는 방식을 통해—혹은, 영화 속에서 김정호가 우산도를 답사하고 측량한다는 것—, 대한민국의 '국민국가 도상圖像'을 완성하는 상징적 의례를 거행하고 있는 것이다.

어쩌면, 너무나도 당연한 결말이지만, 김정호는 끝내 우산도에 도달하지 못한다. 에필로그에서 유토피아적인 환상으로 '우산도'와 그 곁에 사는 '강치'를 마주할 뿐이다. 그러나 19세기 조선의 지도 속에 판각되지 못한 '우산도'의 환영illusion, 혹은 왜선의 침범으로 죽음을 맞는 '강치'의 모습을, 제국주의 열강의 침탈에 의해 부서지고 파탄 날 조선의 운명으로 환원하는 것은 역사적 비약이다. 영화가 역사적 사실이 아닌 허구적 재현임을 감안하더라도 결과는 마찬가지이다. 이는 우산도가 역사 속에 존재하지 않거나 소중한 국토가 아니라는 사실을 뜻하는 것이 아니라, 강 감독의 역사 인식이 비합리적인 방식의 로맨틱한 민족주의로 소급되고 있다는 의미이다. 비판적 사유나 자기 성찰이 누락된 낭만적 애국심은 '역사적 진실'이 아니라 '집합적 환영'을 창안하고 맹목적으로 추종하게 한다.

물론 영화 속에서, 조선의 혼란과 모순에 대한 책임을 따져 묻고 있는 요소가 전혀 없는 것은 아니다. 대동여지도를 둘러싸고 벌어지는 김씨와 조씨 가문의 세도 권력 투쟁이 그것이다. 작품 속에서, 흥선대원군이 대동여지도 목판본을 통해 "운현궁에 앉아 팔도 정보"를 "장악"하고자 하거나, 김씨 가문이 이를 저지하고자 하는 것은 모두 국내 현실 정치에 지도를 이용하거나 활용하기 위해서이다. 지도는 단순한 공간 표식이나 경로 안내도가 아니라, 국가의 통치 영역과 토지의 소유권, 그리고 군사적 기밀("팔도군현의 봉수며 성곽 위치, 군사기밀까지 담긴 지도")을 담고 있는 정치·경제적 규율이자 정보체계로 인식된다. 아서 제이 클링호퍼가 『지도와 권력』(알마, 2007)에서, "지도는 단순한 도식이 아니라 권력"이라고 말한 것은 그 때문이다. 지도는 세계를 공간적으로 재편하는 사회적 공간상이기도 하지만, 동시에 특정 공간과 영토를 분할하고 지배하는 에피스테메episteme, 즉 권력을 재생산하는 지知의 형식이기도 하다. 그래서 흥선대원군과 김씨

일족은 모두 대동여지도 목판본을 차지하고자 하는 것이다. 그것이야말로, 당시의 앎/권력을 재생산할 수 있는 효과적인 정치 수단이기 때문이다.

이와 같이, 국가와 지배 계층은 정보와 지식을 독점("지도는 무릇 나라의 것")함으로써, 백성에 대한 통치를 영속화하고자 한다. 그러나 김정호의 태도는 이들과는 다르다. 그는 '대동여지도'로 표상되는 지식의 생산과 공유("대량인쇄 배포")를 통해 19세기 조선 민중이 세계를 인식하는 새로운 시선을 발명하고자 한다. 그런데 무슨 일일까? 지배층의 입장에서는 너무나도 불온하고 저항적인 '지도쟁이 김정호'는 이 영화의 말미에서 소리소문없이 사라져버린다. 마치 이름을 삭제당한 조선의 민초들처럼 말이다.

재현의 윤리

2017년 여름 극장가를 뜨겁게 달군 영화는 단연 <군함도>와 <택시운전사>이다. 두 작품은 모두 역사적 사실에 기초해 창작된 것으로, 개봉 전부터 많은 이들의 관심을 끌었다. 하지만 영화에 대한 관객의 평가는 사뭇 달랐다. 전자가 개봉 직후부터 스크린 독점과 역사왜곡 논란에 시달리며 부진을 면치 못한 반면, 후자는 무거운 소재를 관객 친화적으로 풀어냈다는 평가를 받으며 흥행 가도를 달렸다.

<군함도>와 <택시운전사>의 운명을 엇갈리게 만든 결정적인 요인은 무엇일까? 세간에서 지적하고 있는 것처럼, 단순히 '상영관 점유 문제'만은 아닌 듯하다. 조재휘 평론가가 잘 지적한 바와 같이, <택시운전사> 역시 "순식간에 1,827개 관으로 몸집을 불리면서 독과점 문제에서 자유롭지 못"(「조재휘의 시네필」, 『국제신문』, 2017.8.17)한 것이 사실이기 때문이다. 그렇다면 <군함도>의 실패 원인은 어디에서 찾아야 할까.

류승완 감독의 <군함도>는 일제강점기 피지배 계층의 역사와 아픔을 다룬 작품이다. '지옥의 섬'이라 불리는 하시마端島

탄광의 조선인 강제동원 문제를 모티프로 하여, 일본 제국주의의 폭력성과 잔혹함을 고발하고, 그 속에서 상처받고 고통당한 이들의 넋을 위로하기 위해 제작되었다.

일본 나가사키長崎 항구에서 18km 떨어진 곳에 위치한 '군함도'는 식민지 조선인의 강제동원 사실을 증명하는 공간적 실체이다. 그래서 하시마 탄광의 영상미학적 복원은 이 영화에서 매우 중요한 위치를 차지한다. 실제로, 류 감독과 제작진은 군함도의 촬영 세트 설계에 상당한 공을 들이고 있다. 군함도 내의 조선인 거주 구역과 번화가, 그리고 수직갱과 개미굴의 섬세한 재연은, 사실fact 고증에 대한 제작진의 열의가 어느 정도인지를 짐작하게 한다.

개봉 초기, 역사왜곡 논란에 직면한 류승완 감독으로서는, 난처하고 억울한 점이 없지 않을 것이다. 허나, 감독과 스텝의 선善한 의지와 열정이 반드시 '좋은 작품'이나 '생산적 결과'로 귀결되는 것은 아니다. 역사적 사건과 인물을 다룰 때에는 '기술적, 미학적 완성도'뿐만 아니라, 재현의 대상이 되는 '피사체'에 대한 윤리적 사유가 무엇보다 중요하다. 주지하다시피, 감독은 역사적 사실이나 현실의 제 양상을 가감 없이 서술하는 '투명한 기록자'가 아니다. 따라서 영상 텍스트에는 감독의 철학과 욕망이 반영될 수밖에 없다.

조금 어렵더라도, 이 대목에서 저명한 탈식민주의 문화비평가인 가야트리 차크라보티 스피박의 논평을 참조할 필요가 있다. 그녀는 「서발턴은 말할 수 있는가?」에서 '주체와 재현'의 문제를 제기한 바 있다. 이 글은 본래 1983년에 「권력과 욕망」이라는 제목으로 발표되었으나 여러 차례 수정을 거쳐 현재의 판본에 이르렀다. 이제는 인문학의 고전 반열에 오른 이 에세이는, 스스로를 대표representation하지 못하는 취약한 이들Subaltern의 삶을 대상화objectification하는 지식인과 예술가의 확고부동한 태도를 비판하고 있다. 타자의 삶과 존재 조건을 복원하고 서술하는 지식인과 예술가는 언제나 재현 주체인 자기 자신을 객관적인 위치에 자리매김하는 '오류와 환상'에 빠질 수 있다는 것. 즉, 타인의 삶과 분별 된 '제3자의 자리'에서 피해자의 삶을 완벽하게 대변하고 재현할 수 있을 것이라는 생각은 심각한 자기 오만이자 착오라는 주장이다.

물론 스피박의 비평적 에세이와 〈군함도〉의 역사의식을 겹쳐 읽는 것은, 제작진과 출연진 개개인의 노고나 역량을 폄훼하기 위한 것이 아니다. 그러므로 성급한 오해와 분노는 금물이다. 〈군함도〉의 리얼리티 넘치는 세트(장) 구성과 미장센은 류승완 감독과 제작진의 열정적 재현 의지를 보여주는 의식적 증례가 분명하다. 조선인 숙소, 극장, 우체국, 학교, 시장, 빨래터, 유곽 등의 디테일한 복원은 강제동원 노무자와 위안부의 일상을 '지옥'으로 묘사하기에 충분하다.

그러나 〈군함도〉의 경우, '지옥'의 외양은 복원하였으나, 그 속에서 하루하루를 견디고 버텨온 이들의 삶과 목소리는 충실하게 담아내지 못했다. 역사적 재현 의지 자체와 그것의 충실한 수행은 구분되어야 한다. 역사적 재현의 충실성이란—다시 말해 재현의 윤리란—, 자기 자신에게 가해지는 박해와 실패를 감내하는 한이 있더라도, 역사의 공간에서 내쫓긴 이들의 아픔과 사연을 '기억'하고 '기록'하고자 하는 태도를 포기하지 않는 것이다. 〈군함도〉의 역사의식 비판은, 역사적 재현 의지가 '부족'하다거나, 사실 복원이 '부실'하다는 뜻이 아니다. 오히려 그 점은 지나치게 진지하다 못해, 과장되거나 과잉되어 있다.

관객과 평단으로부터 혹평을 받은 후반부 '집단 탈출 장면'이 대표적인 예다. 류승완 감독은 결말부에서, 일제에 대한 적대적 응전과 집단 탈주를 통해 강제동원 피해자의 고통과 억울함을 치유하는 상상의 도약을 시도하고 있다. 그러나 집단적 분노 표출과 초월적 카타르시스의 융기가 역사적 아픔과 슬픔을 해소하는 심리적 출구가 되는 것은 아니다. '태양의 후예'의 상업적 오마주가 되어버린 박무영(송중기)의 영웅적인 탈출 작전은, 오히려 수많은 강제동원 노무자의 이름을 지우는 화려하고 장대한 스펙터클이 되어버렸다. 그러니 400여 명의 집단 탈출이 '역사적 사실'이냐, 아니냐는 그리 중요치 않다. 문제는 〈군함도〉가 고단하고 힘든 '기억의 투쟁'이 아니라, 지옥의 공간을 서둘러 벗어나고자 하는 '망각의 비약'을 추수하였다는 점이다.

'사실의 복원restoration'과 '사건의 재현representation'은 다르다. 전자가 실증적 자료와 증언에 의해 과거의 고통을 박제화하고 전시(대상화)하는 것이라면, 후자는 과거와 현재를 잇는 역사적 대화를 통해 '공통의 진실'에 이르는 '기억 투쟁'을 의미한다. 그래서 '재현의 윤리'란 망각에 저항하는 처절한 '기억의 분투' 과정을 동반한다. 그래서일까? 〈군함도〉에는 기억에 남는 이름이 없다. 〈택시운전사〉의 마지막 장면에서 '김사복'의 이름이 메모지에 기록되는 것과는 상반된 모습이다.

감독이나 작가는 언제든 시대적 문제 해결을 위한 역사적 질문을 제기할 수 있다. 하지만 그것을 직접 해결하고자 하는 것은, 자신에게 부여된 임무의 한계를 초과하는 일이다. 역사적 사건의 재현이란, 지식인과 예술가가 제3자의 위치에서 제시하는 문제 해결의 과정이 아니라, 우리가 저 먼 역사 속에 두고 온 '단 한 사람', 바로 그 존재와 이름을 기억하는 윤리적 물음이기 때문일 것이다.

관용의 퍼포먼스

강윤성 감독의 〈범죄도시〉(2017)는 나와 타자의 관계를 되돌아보게 하는 영화이다. '조선족 조직폭력배 소탕 작전'을 모티프로 한 이 작품은, 한국형 히어로물의 전형적인 양상을 보여준다. 명확한 '선/악' 구도 속에서, 범죄자와 맞서 싸우는 금천경찰서 강력 1반 '형사(들)'의 대활약은, 우리 안에 내재되어 있는 범죄 공포와 사회적 불안을 말끔하게 해소시켜주는 듯하다.

그러나 〈범죄도시〉의 서사적 주춧돌이 되는 '권선징악적 구조'는 조금 더 정치하게 분석되어야 한다. 왜냐하면 히어로 내러티브는 사회적 상황의 알레고리인 동시에, 공동체 내부의 정치적 무의식을 표현하는 심리적 기제이기 때문이다.

이 작품은 플롯 구성의 복잡성보다, 인물과 인물 간의 대결 양상에 초점을 두고 있다. 장첸(윤계상)은 중국 하얼빈에서 밀항한 흑룡파의 두목이다. 그의 일당은 한국으로 이주한 조선족 동포를 상대로 악랄한 불법사채를 한다. 이들은 돈을 갚지 못한 채무자의 발이나 팔을 자르는 것도 주저하지 않는 '악당 중의 악당'이다. 창원에서 활동하다가 서울로 상경한 장첸 일당은, 독사파의 보스를 해치우고 순식간에 가리봉동을 접수한다. 조선족 상인들은 무지막지하고 잔인한 장첸 무리에게 착복과 괴롭힘을 당한다.

이들을 구원하기 위해 등장한 히어로가 마석도(마동석)이다. 그는 15년 차의 베테랑 형사이며, 그 어떤 범죄(자)나 폭력에도 주눅들지 않는 파워풀한 피지컬Physical을 지니고 있다. 마 형사의 존재감은 실로 압도적이다. 칼과 무기를 휘두르는 조직폭력배를 맨손으로 제압하는가 하면, 무자비한 조폭 두목 역시 한방에 물리친다. 가히, '슈퍼 히어로'라 할 만하다. 하지만 그는 힘없고 약한 사람에게는 매우 인간적이다. 마 형사의 관용적 휴머니티는 소년 왕오(엄지성)와의 관계에서 잘 드러난다.

이와 같이 마석도는 강력한 신체 능력과 인간미를 두루 겸비한 히어로Hero의 형상을 하고 있다. 영웅은 현실에서는 해결할 수 없는 사회 문제가 발생하거나, 개개인의 역량이나 의지만으로는 도저히 극복할 수 없는 상황에 처했을 때 출현한다. 우리는 현재의 모순과 부조리를 초극하기 위한 공동체적 제의의 행위로, 영웅의 도래를 갈망하는 것이다. 영화는 대중관객의 이러한 열망을 반영하는 문화적 재현 양식이다. 그렇다면, 〈범죄도시〉에서 나타나는 '히어로에 대한 기대'란 무엇일까. 바로 '안전에 대한 욕구Safety needs'이다.

인본주의 심리학자 에이브러햄 해럴드 매슬로우는 인간의 욕구를 5단계로 구분한 바 있는데—생리적 욕구, 안전 욕구, 사회적 소속 욕구, 존경 욕구, 자아실현 욕구—, 2단계 해당하는 '안전 욕구'는 생리적 문제를 제외하고 나면 가장 근본적인 바람이다. 물론 중요한 것은 매슬로우의 욕구위계이론 자체가 아니라, 인간의 '안전 욕구'가 법이나 제도, 혹은 질서나 권위에 대한 위협으로부터 비롯된다는 점이다. 〈범죄도시〉의 에필로그에서 국민의 안전과 관련된 제작진의 의지를 확인할 수 있는 것("언제나 국민의 안전을 위해 수고하는 대한민국 경찰을 응원합니다")은 흥미롭다.

현대인들은 누구나 사회적 참사나 강력 범죄의 위험에 노출되어 있다. 하지만 그것은 종종 특정한 형태의 불안감으로 집약되기도 한다. 〈범죄도시〉에서도, 우리 사회 내부의 '안전 욕구'가 어떤 공포로부터 기인하는 것인지를 발견할 수 있다. 이 영화에서 대중 관객이나 한국 사회 구성원들의 안전 욕구를 발동하는 것은, '이방인(조선족 이주민)'에 대한 공포이다. 지그문트 바우만은 공포란 '무지한 것'과 '불확실한 것'에 대한 두려움이라고 정의한 바 있다. 이방인은 낯설고 이질적인 존재이다. 그리고 이방인은 통제되거나 규제되지 않기 때문에 언제나 공포의 대상이 된다.

〈범죄도시〉는, 크라임 스토리Crime story의 구성 요소 중에서도 '공간적 의미'를 전면화하고 있다. 이 영화의 제목과 배경은—"1990년대부터 중국 동포들은 서울 가리봉동에 정착"하여 "그들만의 차이나타운을 만들었다"는 프롤로그에서 볼 수 있듯—, '서울 가리봉동'을 곧장 '범죄도시'로 재영토화한다. 허구적 배경 설정이긴 하지만, '가리봉동'의 심상 지리를 네이션의 '치안 유지 장치'가 제대로 작동하지 않는 예외적 공간으로 표상하기에는 부족함이 없다. 물론 이는 〈범죄도시〉에만 국한되는 현상은 아니다. 언제부터인가, 영화 속의 차이나타운은 국민국가의 법적 통제나 치안 권력이 미치지 않는 범죄자의 소굴이자, 거칠고 무지막지한 외래인 폭력배들이 우글대는 우범지대Slums로 그려지며 소비되고 있다. 이런 특수한 장소성은 〈황해〉(2010), 〈신세계〉(2013), 〈차이나타운〉(2015), 〈아수라〉(2016), 〈청년경찰〉(2017)로 이어지며 재생산된다. 〈청년경찰〉의 경우, "여권 없는 범죄자들도 많아서 경찰도 잘 안 들어" 오는 곳으로 대림동을 묘사해, 중국 동포들로부터 강력한 항의를 받기도 했다. 하지만 이들 작품을 '조선족 혐오 코드'로만 환원하여 해석하는 것은 곤란하다.

왜냐하면 〈범죄도시〉에서 '이주민의 삶과 거주 공간'을 타자화하는 방식은 '혐오의 형식'이 아니라, 오히려 '합병의 형식'을 취하고 있기 때문이다. 다문화 제국은 가시적인 '차별'이나 '추방'이 아니라, 국민국가의 규율체계나 상징체계 속에 이방인을 '포함'—정확히 말해 '포함하면서 배제'—시키는 관용의 통치술을 사용한다. 톨레랑스tolerance는 소수 인종이나 문화 집단의 동화 과정을 매끄럽게 관리하고 통합하는 정치적 퍼포먼스이다. 〈범죄도시〉에 등장하는 '착한 이방인'(왕오)과 '협력하는 타자'(연길식당 사장, 민경진)의 형상은 관용주의적 통치술이 적용된 모범적 케이스라 하겠다

그래서일까? 슈퍼 히어로 마석도 형사는 질서 유지에 방해가 되는 불한당들을 모조리 해치운다. 그는 '법'이라는 본래적 형식으로, 대중 관객의 '안전 욕구'를 충족시켜주고 있는 셈이다. 이것이 우리가 〈범죄도시〉로부터 부여받는 '안도감'의 정체이다. 그러나 이러한 로맨틱한 동질성은, 나 자신이 누군가의 삶/공간을 타자화하고 있을지 모른다는 자기 성찰의 가능성과 공모 관계를 은폐하고 망각하게 한다. 우리는, 진정으로, 자신이 하는 일을 알지 못하기 때문이다.

희망, 한 줌의 '그것'을 얻기 위하여

영화는 영상과 음악의 연대를 통해 인간과 세계의 다채로운 면을 감각하고 사유하게 하는 미적 형식이다. 그러나 영화의 장르적 특질이나 영상 문법보다 더욱 중요한 것은, 그것이 인간 삶을 억압하는 현실을 폭로함으로써, 다른 세계의 가능성을 탐구하는 희망의 형식이 되어야 한다는 점이다.

최성현 감독의 〈그것만이 내 세상〉(2018)은 이와 같은 질문에 진지한 태도로 응답하고 있다. 이 작품은 현대 사회를 살아가는 이들이 누구나 버림받고 실패할 수 있다는 사실을 언급하면서, 동시에 그 상처와 아픔을 어떻게 치유하고 보듬을 수 있을 것인지에 대해 이야기하고 있다.

작품의 대강은 이렇다. 주인공 김조하(이병헌)의 인생은 가혹하다. 그는 어린 시절 아버지의 가정폭력 때문에 엄청난 고통을 받았다. 그런데도 조하는 삐뚤어지지 않고—비록 그의 과거 내력이 자세하게 그려지지는 않지만 운동 때문에 담배도 피지 않았다는 데서 알 수 있듯—, WBC 웰터급 동양 챔피언까지 오른다. 하지만 이제는 한물간 전직 복서가 되어, 길에서 전단지를 돌리거나 체육관에서 스파링 파트너를 하며 근근이 살아가고 있다.

이런 조하에게 복싱은 삶 그 자체('그것')이다. 영화 제목에 빗대 표현하자면, 복싱만이 내 세상인 것. 오직 그것만이 고단한 삶을 버티게 하는 유일한 힘이자 희망이다. 그러나 이제 그것(복싱)이 존재하지 않는다. 삶의 희망을 상실한 채 하루하루를 버티던 조하는 우연히 한 사람을 만나게 되는데, 그녀가 바로 17년 전에 헤어진 엄마 주인숙(윤여정)이다. 오갈 데 없는 조하는 잠자리를 해결하기 위해 인숙을 따라가는데, 그 집에서 동생 오진태(박정민)를 만나게 된다.

진태는 서번트증후군("자폐성 장애 2급")을 지닌 청년이다. 그는 게임을 좋아하며 피아노에 천부적인 재능이 있다. 하지만 진태에게 세상의 전부는 엄마이다. 마찬가지로, 엄마에게도 진태는 그러한 존재이다. 조하를 만나고 온 후, 마음이 편치 않은 인숙 옆에 진태가 조용히 와서 눕는 장면은 이를 잘 보여준다. 가난하고 어려운 삶이지만, 서로가 서로에게 위안이 되는 세계는 아름답다. 어쩌면, 이들에게 허용된 희망이란 딱 그 만큼일지 모르지만, 창밖에서 들어오는 한 줌의 햇볕은 따뜻하기만 하다.

조하는 엄마와 진태를 만나면서 잠시 내적 갈등과 혼란을 겪지만, 조금씩 서로를 이해해가게 된다. 고단하고 힘든 일상의 연속이지만, 그 속에서 새로운 삶의 가치와 희망을 찾는 이야기는 가슴 벅차고 숭고하다. 인숙(엄마)과 진태, 조하와 인숙(엄마), 조하와 진태가 각자의 '희망'(그것)이 되어, 서로의 삶에 용기를 주고 격려하는 엔딩 장면은 그래서 자못 감동적이기까지 하다. '조하'와 '진태'가 마주 잡은 손처럼, 우리의 삶은 사랑과 용서, 그리고 이해와 만남 속에서 불확실한 희망을 길어 올릴 수 있을 것처럼 보인다.

이와 같이 최성현 감독은 타자에 대한 증오나 미움보다는 사랑과 이해에 초점을 둔 휴머니티를 희망의 근거로 제시하고 있다. <그것만이 내 세상>에 등장하는 인물(들)이 개인적 욕심과 욕망을 지니고 있으면서도—감옥에 있는 아버지를 제외하고 나면—, 대부분 인간적이고 관용적인 이웃의 형상을 하고 있는 것은 그 때문이다. 희망은 이렇게 우리를 버티게 하는 생生의 동력인 동시에, 우리를 살게 하는 근원적 쾌활성이다. 그러나 영화는 여기에 머물러서는 안 된다.

왜냐하면 영화에서 제시하는 것과 달리, 희망은 그리 인간적이고 낙관적인 것이 아니기 때문이다. 영국의 저명한 마르크스주의 사상가 테리 이글턴은 최근에 출간된『낙관하지 않는 희망』(우물이 있는 집, 2016)에서 '희망'에 대한 철학적 논의가 제대로 이루어진 바 없다고 말하면서, 숙명적이고 낙관적인 희망에 대해 경계할 것을 주문하고 있다. 문학이나 영화의 가치는 "불만스러운 현실을 초래한 중대한 실책들을 교정"하는 데 있으나, 낙관적 희망은 기존의 "인간관계나 사회질서를 존중"하면서, 그것의 모순과 부조리를 "현상유지status quo"하는 "버팀목" 역할을 하는 까닭이다.

이 영화에서 보여주는 낙관적 희망담은, 대중 관객이 충분히 참고 넘어갈 수 있을 정도의 고난/서사이다. 즉, <그것만이 내 세상>에서 확인할 수 있는 캐릭터의 부정성이란, 진태의 '멋진 장래'를 위해 어느 정도 참을 만한 영상/서사로 순화되어 관객에게 전달되고 있는 것이다.

그래서일까? 진태는 마지막 연주회에서 '피아노 협주곡 1번'을 강렬하게 연주하면서, 영화와 음악을 감상하는 관객에게 절정의 감동을 선사한다. 또한 형제가 손을 잡고 걷는 마지막 장면은, 보는 이의 가슴을 뭉클하게 한다. 과거의 아픔은 해소되고 미래를 향한 희망의 길만이 엔딩 신scene의 하늘처럼 푸르게 푸르게 펼쳐져 있다. 그러나 제대로 피아노 레슨도 받지 않은 진태의 천부적 재능을 일종의 '인간 승리'로 포장할 수 없기에, 자연스럽게 몇 가지 의문이 제기된다.

우선 진태와 조하의 관계 속에서 가족의 희생은 여전히 지속된다는 점이다. 캐나다 이주를 포기한 조하는, 진태를 향해 모든 것을 아끼지 않던 엄마의 희생을 반복하고 승계할 수밖에 없다. 오해하지 말 것은, 이는 동생을 향한 애정과 희생이 의미 없다는 것이 아니라, 엄마와 조하의 비극을 초래한 과거에 대한 불편한 대면과 결별 과정이 최소화되어 있음을 지적하는 것이다. 불행의 근본 원인은 아버지로 표상되는 가부장적 폭력이지만, <그것만이 내 세상>에서는 이 문제를 애써 비껴가고 있다. 엄마의 투병 과정을 목격한 김조하는 한 차례 교도소에 있는 아버지에게 항의 방문을 할 뿐이다.

이글턴은 "우리에게 희망을 공급하는 것"은 멋진 장래에 대한 "낙천적 기분"이 아니라, 오히려 끔찍한 "과거"라고 말하고 있다. 우리 삶을 새롭게 재구성할 수 있는 희망의 근거는, 낙관적인 미래 전망이 아니라 폭력적인 과거와의 '비극적 대면'으로부터 시작된다. 즉, 과거를 넘어서는 희망적 생의 창안은 가혹하고 험난한 자기 투쟁과 용기 속에서 정초 될 수 있는 것이다. 피아노 콩쿨에서 탈락한 진태가 선한 조력자(가율, 한지민)의 도움으로 갈라 콘서트에 나갈 수 있게 된 것은 매우 우연적이며 시혜적인 사건 설정이다. 이런 석연찮은 줄거리 속에서 융성하는 희망은 연약할 수밖에 없다.

우리는 어떤 절망 앞에서도 희망을 포기하지 말아야 하되, 성급한 화해를 위한 낙관적 결말 역시 경계하여야 한다. 감상적 클르셰에 기반한 왜곡된 희망은 낭만적 위안에 머무를 수밖에 없다. 그것은 고약한 현실에 눈을 감게 하는 위태로운 삶의 정념이다.

영상문학이라는 곤혹

세상이 변해 있었다. 군 복무를 마치고 복학을 하니, 자주 가던 학교 앞 당구장이 PC방으로 바뀌어 있었다. 공강 시간에 남학생들은 큐대 대신 컴퓨터 마우스를 잡았다. 정보통신기술의 진보는 뉴미디어 세대의 시각적 욕망을 증폭시켰다. 웹 미디어의 발달과 이미지 문식성image literacy에 대한 사회적 요구가 폭발적으로 증가했으며, 이는 대학이라는 학문공간에도 영향을 미쳤다.

국어국문학과에 '영상문학론'이라는 강좌가 신설된 것도 이즈음이다. 그런데 사실 영상문학론이라는 말은 어폐가 있다. 문학과 영화는 유사해 보이지만 본질적으로 다르기 때문이다. 영화는 시(청)각적 이미지를 통해 표현하는 예술이다. 쉬잔 엠 드라코트가 들뢰즈의 『시네마』를 분석하면서 얘기한 바와 같이 "영화는 기술하지 않고 보여주는 것"이다. 영상문학론이 영화 자체에 대한 이해를 증진하는 교과목이 아니라고 주장하더라도, 여전히 문제는 남는다. 왜냐하면 그것은 문학과 분별 되는 영화의 속성을 고려하지 못하기 때문이다.

추창민 감독의 〈7년의 밤〉(2018)은 문학과 영상의 역리 관계를 사유해 볼 수 있는 작품이다. 잘 알려진 것처럼, 이 영화는 정유정의 동명 원작소설을 모티프로 삼고 있다. 장편소설 『7년의 밤』(은행나무, 2016)은 정교한 내면 묘사와 스릴 넘치는 사건 전개를 통해 많은 독자의 호응을 얻었으며, 이를 영상미학으로 구현한 영화 〈7년의 밤〉 역시 개봉 전부터 세간의 주목을 받았다. 그러나 2년 가까이 뜸을 들인 〈7년의 밤〉은 손익분기점에도 못 미치는 흥행 성적을 기록하며 관객들로부터 외면을 받았다.

무엇이 잘못된 것일까. 작품의 대강을 살펴보자. 최현수(류승룡)는 세령호의 댐 경비 주임이며, 오영제(장동건)는 치과 원장이자 세령마을의 유지이다. 현수는 부임 전 가족들이 기거할 사택을 둘러보기 위해 세령마을로 향한다. 그는 세령호의 짙은 안개 때문에 길을 잃고 헤매던 중, 아빠의 학대와 폭력을 피해 도망친 영제의 딸을 차로 치게 된다. 현수는 아직 목숨이 붙어 있는 세령(이레)을 우발적으로 살해한 후 유기하게 되고, 영제는 범인을 찾아 복수하고자 한다.

최현수는 아버지의 가정폭력에 대한 트라우마에 붙들려 있는 인물이다. 영화 곳곳에서 반복적으로 나타나는 몽유병적 환영은 이를 잘 보여주는 이미저리이다. 그는 아버지로 표상되는 과거의 폭력/기억과 결별하고자 한다. 하지만 아버지의 폭행을 피해 도주하던 세령을 죽임으로써, 그의 운명 속에 기입되어 있는 '근원적 폭력(성)'은 대물림되고 만다. 이에 비해 오영제는 냉정한 악의 형상으로 그려진다. 아내와 딸을 소유하고 통제하며, 또 교정해야만 하는 대상으로 생각한다. 그 역시 가족에 대한 결핍을 지닌 인간형으로 묘사되긴 하지만, 영화에서는 오영제가 왜 소시오패스가 될 수밖에 없었는지에 대한 추론적 단서가 전혀 제시되어 있지 않다. 딸을 학대하던 영제의 급작스러운 성격 변화(각색된 부성애)에 관객은 어리둥절할 수밖에 없다.

물론 영화 〈7년의 밤〉도 오이디푸스 콤플렉스나 인간 내면에 존재하고 있는 악惡의 다면성에 대한 해석 가능성이 존재하지 않는 것은 아니다. 하지만 시나리오로 각색된 〈7년의 밤〉은 왜곡된 부성애로 점철된 가족주의로 귀결되고 있다. 현수는 자식에게 반복될 불가항력적인 폭력/고통의 고리(오영제의 앙갚음)를 끊기 위해 자살을 선택한다. 아들을 구하기 위해 세령댐의 수많은 저지대 마을 사람들을 수장시킨 그의 행위는 부성애를 명분으로 한 이기적 가족주의의 다른 얼굴이다. 또한 소설 속에서는 전혀 감정을 드러내지 않던 영제가 딸의 죽음에 분노하거나—"왜 그랬어? 죽일 것까진 없었잖아. 왜 죽였냐구. 왜!"라고 하거나—, 자신이 학대한 가족을 회상하며 자살하는 엔딩신은, 폭력적인 부성애로 구축된 가족주의의 뒤틀린 날인illusion으로 이해될 수 있다.

〈7년의 밤〉이 파탄 난 가족주의로 각색된 것은, 추 감독이 소설 『7년의 밤』을 제대로 이해하지 못했기 때문이 아니다. 오히려, 그는 원작의 서사적 내용과 특징을 작품 속에 매끄럽게 입안하며 변주하고 있다. 세령마을의 섬세한 미술 효과는 이를 확인할 수 있는 장치/단서이다. 영화가 소설의 내용과 매력을 오롯이 담아내지 못한 점을 실패의 원인으로 꼽는 이들이 많지만, 필자의 생각은 다르다. 〈7년의 밤〉은 소설의 내러티브를 충실히 구현하고자 하였기에, 구성과 편집 과정에서 더욱 어려움을 겪었을 것으로 짐작된다. 도입부 묘사에 긴 시간을 투여한 것이 이를 방증하는 예다. 정유정 작가가 100쪽 이상을 '세령호'라는 배경과 인물 묘사에 할당하고 있는 것과 마찬가지로, 추창민 감독도 이 부분에 상당한 시간을 할애하고 있다.

그래서일까. 영화 중반 이후의 사건 전개와 인물의 성격 변화는 다급하고 급작스럽다. 주지하다시피, 영화는 '시간의 예술'이다. 소설이 시간의 제약 없이 인물과 배경을 서술하거나 묘사할 수 있는 서사 양식인 것과 달리, 영화는 관객이 스크린을 응시하며 몰입할 수 있는 시간적 제약이 분명한 커뮤니케이션 양식이다. 질 들뢰즈가 영화의 본질과 특징을 '시간-이미지'에서 찾은 것처럼, 시간은 단순한 영화 제작의 한 요소가 아니라 장르적 정체성을 결정하는 존재 조건이 된다. 문학과 영화가 동일한 서사 형식이라고 착각하는 것과 달리—문학 작품의 서사성을 영상미학으로 구현하는 것이 불가능한 것은 아니지만—, 영화의 이미지는 서사의 도구가 아니다.

그렇다면 영화 〈7년의 밤〉의 실패 원인은 소설이 지닌 문학적 미덕과 장점을 충분히 살리지 못한 데 있는 것이 아니라, 이미지(영화)를 통해 서사(문학)적 내용을 표현하고자 하는 형식적

절충에서 기인한 것이라 하겠다. 서사적 내용을 이미지로 재현한다고 해서 문학적 영화가 되는 것은 아니다. 영화는 영상의 문법적 특질을 통해 사유되고 창안되며 향유되어야 한다. 그때 영화는 문학 텍스트의 번안이 아니라, 우리의 가슴을 울리는 절절하고 핍진성 있는 생生의 심상image이 된다.

영상문학이라는 모순어법은 서구 교양주의의 산물이다. 피에르 부르디외 식으로 말해, 현대 사회의 테크놀로지 문화 형식인 영화는 '중간예술'로 규정되기 때문이다. 영화를 '영상적 문학'으로 정의하는 사고방식에는 영상미학의 역사와 본질을 이해하지 못한 문자 중심주의écriture가 내재해 있다. 프레드릭 제임슨이 영화비평집의 첫 페이지에 쓴 문장을 잊지 말자. '영화는 시각적인 존재론'이다.

변산, 우리가 잃어버린 그곳

고향故鄕은 사전적 의미로, 사람이 태어나서 자라고 살아온 곳을 뜻한다. 허나 지금처럼 정보와 교통이 발달하고 이주와 여행이 자유로운 시대에 이런 식의 설명이 얼마나 유효한지는 의문이다. 산업화와 도시화로 인해 현대인의 출생지와 거주지가 대부분 분리되면서, 고향에 대한 규범적 정의는 더욱 난감해졌다.

이준익 감독의 〈변산〉(2018)은 우리가 잃어버린 고향의 의미와 가치를 인문학적 시선에서 재구해 볼 수 있는 영화이다. 이 작품은 주인공 학수(박정민)의 출향과 귀향 과정을 통해 고단한 청춘들의 삶과 사랑을 명랑하게 들려주는 한편—웬만한 뮤지컬 필름에 뒤지지 않을 정도의 음악이 덧붙여지기 때문에 더욱 그러한데—, 각박한 일상 속에서 망각한 고향의 정조를 복원하고 있다.

학수는 고교시절 어머니를 여의고 서울로 상경해 아르바이트를 하며 가수의 꿈을 키우고 있다. 고시원 쪽방에서 작사/작곡을 하며 신인 래퍼 발굴 프로그램에 도전하지만, 매번 탈락의 고배를 마신다. 어느 날 지역번호 '063'이 찍힌 전화가 한 통 걸려오고, 아버지가 위독하다는 소식에 마지못해 변산 부안으로 향한다. 학수에게 그곳은 돌아가고 싶지 않은 장소이다. 가족을 내팽겨치고 젊은 시절을 흥청망청 보낸 건달 아버지가 사는 곳이기도 하지만, 부안은 시인의 꿈과 첫사랑의 기대가 좌초한 공간이기 때문이다. 그는 고향에서 피하고 싶었던 근원적 슬픔과 다시 대면하게 된다. 바로, 어머니의 부재不在이다. 쇼미더머니 3차 예선에서 탈락했던 것도 '어머니'라는 배틀 주제 탓이며 아버지에 대한 원망과 저주도 실은 외롭게 병사病死한 모친에 대한 연민에서 기인하는 바가 크다. 이를 영화적 이미지로 잘 보여주는 것이 부안의 장소성이다.

학수를 키운 것은, 팔 할이 어머니의 무덤에서 바라본 노을이다. "내 고향은 폐항. 내 고향은 가난해서 보여줄 건 노을 밖에 없네"라는 절창은 거저 나온 것이 아니다. 바다와 하늘의 임계에서 아름답게 스며드는 노을의 이미지는, 인간의 욕망과 유한성을 초월하며 거대한 자연의 섭리와 이치를 지각하게 한다. 무한하고 광활한 자연 앞에 인간의 삶은 얼마나 초라하고 왜소한 것인가. 친구 선미(김고은)가 소설가가 되어 '노을 마니아'라는 책을 내거나, 학수의 상처와 원망을 어느 정도 해소하는 매개가 될 수 있었던 것도 노을의 의미를 일찌감치 알아챘기 때문이다. 어미 잃은 자식의 마음을 달래주던 선홍빛 노을처럼, 이 영화는 고단한 일상 속에서 모태의 온기를 상실한 채 살아가고 있는 청춘들을 따뜻하게 위로하고 있다.

그래서 <변산>은 <사도>(2015), <동주>(2016), <박열>(2017)

등과 함께, '청춘 4부작'으로 꼽히기도 한다. 네 작품을 각기 다른 청춘(들)의 치열한 삶에 대한 영화적 격려로 보는 세대론적 해석에 공감하지만, 〈변산〉은 현대인의 뿌리 뽑힌 생을 다룬 귀향 서사로 독해되어야 한다. 〈동주〉와 〈박열〉이 식민지 제국의 심장부를 타격하는 비범한 인물의 저항적 삶을 보여주고 있다면, 〈사도〉는 화려하고 찬란한 구중궁궐 속에서 벌어지는 비정한 권력 다툼의 참상을 목격하게 한다. 이들 작품은 얼핏 비슷해 보이지만 상당한 차이가 있다. 세 작품이 동주, 박열, 사도라는 인물 중심의 서사 구조에 입각해 있다면, 〈변산〉은 학수라는 캐릭터의 일대기보다는 낭만적 장소성에 훨씬 더 무게감을 두고 있다.

작품의 제목만 보더라도, 감독이 어디에 방점을 찍고 있는지 확인할 수 있다. 〈동주〉, 〈박열〉, 〈사도〉 등은 공간적 의미보다는 캐릭터 자체의 아우라에 신경을 쓰고 있다. 이에 비해, 〈변산〉의 학수는 특정한 개인이 아니라, 동시대의 청년세대 전체를 표상하는 보편적 인간형이다. 물론 세 영화 역시 공간적 의미가 없는 것은 아니다. 그러나 그 속에서 '역사적 개인'을 복원하는 데 필요한 서사적 후경 이상의 함의를 발굴하기란 쉽지 않다. 이준익 감독의 작품은 대체로 장소 감각을 중시하지만, 청춘 4부작으로 분류된 작품 중에서 〈변산〉만큼 영화의 장소성에 주목한 작품은 없다.

앞서 학수의 생애 내력을 통해 살펴본 바와 같이, 영화의 공간적 배경이 되는 '변산 부안'은 인간의 상처와 아픔을 보듬고 매

만지는 어머니의 품, 다시 말해 근원적 장소로 그려진다. 현상학적 장소이론가 에드워드 렐프는 『장소와 장소상실』(논형, 2005)이라는 유명한 책에서 "인간답다는 것은 의미 있는 장소로 가득한 세상에서 산다는 것"이며 "인간답다는 말은 곧 자신의 장소를 가지고 있으며 잘 알고 있다는 뜻"이라고 말한 바 있다. 장소는 시각적이고 물리적인 실체를 지니고 있는 것이지만, 단순한 지리적 좌표만은 아니다. 비물질적이며 추상적인 공간space에 의미 있고 가치 있는 경험이 부여될 때 장소place의 정체성은 형성된다. 학수에게 '부안'이 끔찍한 고역의 장소이면서, 동시에 아름다운 노을의 거처인 것처럼 말이다.

인간적인 삶의 토대는 언제나 진정성 있고 가치 있는 장소성을 입안할 수밖에 없다. 렐프에게 영향을 미친 장소이론가 이푸 투안 식으로 말하자면, 인간 실존의 조화로움은 '장소사랑'을 통해 가능해진다. 그러나 근대화 이후 현대인은 점차 의미 있는 장소를 상실해 가고 있다. 에드워드 렐프는 이를 "무장소성placelessness"이라고 불렀다. 작금의 장소상실 현상은 현대인들이 앓고 있는 심리적 결여를 입증하는 사회적 증상이다. 그러므로 우리 삶을 치유하고 보듬을 수 있는 장소 정체성을 회복하는 것은 현상학적 장소연구자들의 공통적 지향점이며, <변산>은 그것을 영화적으로 잘 보여주고 있다. 그러나 과연, 현실 속의 고향도 영화처럼 포근하고 따뜻한 곳으로 남아 있을까.

<변산>만 해도 그렇지 않다. 병원 옥상에서 보이는 건너편

아파트들은 모두 아웃포커싱으로 흐릿하게 처리되어 있다. 마르크스주의 공간이론가 앙리 르페브르가 말한 것처럼, 자본과 권력은 어떤 공간도 순수하게 방치하지 않는다. 우리가 열망하는 그곳은 이제 어디에도 존재하지 않는 장소topos가 되었다. 마르틴 하이데거가 고향에 가까이 있으나 결코 도달할 수 없는 근원적 슬픔을 사유하는 것이 비가悲歌라고 했던 것처럼, 영화 〈변산〉도 따뜻하고 포근한 고향에 대한 로맨틱한 환영illusion이 아니라, 오히려 귀향의 불가능성을 이야기했어야 하는 것은 아닐까.

점복의 정치

영화 〈범죄와의 전쟁〉에는 '완월동玩月洞'이라는 지명이 나온다. 조폭 '최형배'(하정우)가 관리하는 구역으로, 과거 집창촌이다. 정식 동명도 법정 지명도 아니지만, 여전히 속칭되는 장소이다. 송도로 가기 위해 차를 타고 고개를 넘다 보면, 도로 좌우측에 자리한 점집 거리를 만나게 된다. '여인月을 희롱玩하는 공간'이라는 폭력적 언술 방식에서 알 수 있듯, 이곳에서 생활하던 여성들의 삶은 녹록지 않았을 듯하다. 완월동의 점집은 고단한 현실을 구원하는 '점복占卜'이 되었을까, 고향으로 돌아갈 수 있는 날을 꿈꾸었을 이들에게 '점占'이란 어떤 의미였을까.

초장동의 점집 풍경과 지난 명절에 개봉한 영화 〈명당〉은, 우리네의 점복 전통을 인문학적 차원에서 성찰해 볼 수 있는 계기가 된다. 박희곤 감독이 메가폰을 잡고 배우 조승우, 지성, 김윤식, 김성균, 문채원 등이 출연한 〈명당〉(2018)은, 〈관상〉, 〈궁합〉과 함께 역술 삼부작으로 불린다. 통상, 점이라 불리는 역술易術은 〈주역〉의 원리를 바탕으로 사람의 운명을 점치는 방술의 일종이다. 그것은 종종 샤머니즘과 결부되어 민간신앙적 성격을 가지기도 하는데, 역술이 종교와 구분되는 것은 인간에게 닥친 현실적 어려움을 극복하는 관습적 방책이기 때문이다.

<관상>, <궁합>, <명당> 세 작품 모두 자연의 원리에 입각하여 길흉吉凶을 점치고 예방하는 방술 모티프를 채택하고 있다. 인간은 개인과 집단의 운명이 초자연적인 힘에 의해 좌우된다고 보면서, 그 난관에 대처하고자 하는 지식이나 기술을 계발하고자 하였다. 민속학에서는 이를 속신俗信이라고 부르기도 하는데, 대표적인 형태가 풍수風水이다. 풍수에 '학學'이라는 명칭이 붙어 지금까지도 '지리학地理學'의 일환으로 계승될 수 있는 것은, 풍수가 주술이나 미신의 차원을 넘어서 있기 때문이다.

그래서일까. 박희곤의 <명당>은 설화적 동기와 함께 역사적 사건을 전유하고 있다. 영화의 시공간적 배경은 조선후기('헌종/철종 시기')이다. 물론 이 작품의 극적 흥미를 만들어내는 캐릭터나 갈등 요소는 창조된 것이지만, 그 바탕에는 리얼한 소재가 차용돼 있다. 작품의 대강을 보자. 주인공 박재상(조승우)은 하급 지관으로, 임금의 왕릉 풍수에 대해 직언을 했다가 처자식을 잃고 삭탈관직당한 인물이다. 박 지관地官은 구용식(유재명)과 함께 백성들의 풍수를 봐주며 복수를 준비하던 중, 홍선(지성)을 만나 의기투합하게 된다. 궁합宮合이 혼인 전 의례이자 흉사를 막는 예방/해결책이 된다고 믿었던 것처럼, 풍수는 왕실과 왕권을 농락하고 있던 '장동 김씨 가문'의 무지막지한 세도정치를 끝낼 수 있는 정치적 대안이자 방책으로 활용된다. 임금과 홍선은 박 지

관을 이용하여 김좌근(백윤식)과 그의 세력을 척살하고자 한다.

박재상은 목숨을 걸고 김씨 집안의 묘도까지 훔쳐내지만, 세상은 그리 쉽게 바뀌지 않는다. 지관은 부당한 현실을 변혁하는 '혁명가'가 아니라, 대항권력(김좌근 가문)의 정기를 끊고 왕실의 정통성과 정치적 권력을 복원하고자 하는 '국가 샤먼'에 가깝기 때문이다. 이러한 사실은 영화에 등장하는 또 한 명의 지관 정만인(박충선)을 통해 더욱 분명해진다. 그는 장동 김씨의 묘지풍수를 책임지는 인물로, 지기地氣에 대한 정보를 부와 권력의 수단으로 삼는 자이다. 고대 샤먼의 전형적 모습이라 하겠다. 실제로, 김좌근과 그의 아들은 정 지관의 말을 좇아 자기 선친을 왕릉에 묻기도 하고, (무덤이 파헤쳐져 가묘를 쓰고 있을 때) 새로운 명당을 찾아 달라며 요구하기도 한다.

이쯤 되면 영화 속 '명당'은 음택풍수의 장지葬地가 아니며, 정만인이나 박재상 역시 단순한 풍수 지관이 아니다. 비유하자면, 두 사람은 샤먼shaman과 닮아 있다. 2대에 걸쳐 천자가 나오는 자리, 다시 말해 '이대천자지지二代天子之地'를 예언하고 도래시킬 수 있는 지관은 일반적 풍수지리학자나 학문적 방사가 아니다. 그러므로 이대천자가 나온다는 '가야사' 역시 새로운 지존이 도래할 신성 공간이며, 이를 예언한 지관은 신(왕)의 충실한 사제(샤먼)가 된다. 루마니아 출신 비교종교학자 미르치아 엘리아데에 따르면, 샤먼은 영신靈神과 관계를 맺고 있는 존재로, 공동체의 다른 구성원이 가까이 갈 수 없는 성스러운 영역에 접근하거나 비범한 인물의 탄생을 예지하는 주술사이다. 영험한 지관이 권력과 재물을 축적할 수 있었던 것은, 그가 신비 영묘한 능력을 발휘하는 존재로 인식되었기 때문이다.

정약용은 『목민심서』에서 풍수의 미혹을 비판한 바 있다. 그는 땅의 기운과 가치를 오도함으로써, 인간의 욕망을 자극하는 사회적 분위기를 경계했다. 조선 건국의 토대가 되는 성리학적 이념체계 속에서는 신앙화된 풍수지리는 수용될 수 없다. 그러나 현실은 제의와 정치가 엄밀하게 분리되지 못했다. 유교 이데올로기는 속신적 풍수를 적대시해야 함에도 불구하고, 조선 사회는 효孝의 의례를 구현하기 위해 그것에 의지하는 자기모순을 드러냈다. 조상의 묫자리에 대한 맹목적 추종은, 이를 방증하는 문화적 인습이다. 김병기(김성균)가 부친을 살해한 후 이대천자가 난다는 곳에 매장해 부귀영화를 누리고자 했던 것과 같이, 명당은 인간 욕망의 투사 공간이자 인정 공간일 따름이다. 그러므로 영화 〈명당〉이 풍수지리설에 입각하여 비판하고자 했던 것은, 조선왕실의 무능력이나 세도정치의 히스토리가 아니다.

완월동에 점집이 즐비했던 것처럼, 미래에 대한 예조는 인간의 취약성을 보완하는 심리적 방술이 되기도 한다. 점복의 현재적 가치란, 그 마음을 이해하고 위무하는 공감의 의례이다. 다만, 점복에 대한 맹목은 자신의 삶을 각박하게 만든 사회구조적 원인을 은폐하고 망각하게 한다. 유교 이념과 예법 체계를 가장 크게 망가뜨린 것은, 속신을 따르는 백성이 아니라 오히려 무능력한 왕실과 타락한 권세가이다. 〈명당〉에서도 확인할 수 있듯—김병기와 홍선이 타협하는 장면에서 입증되듯—, 둘은 '한 몸'이다. 풍수와 점복은 종종 지배질서의 헤게모니를 공고히 하는 통치 전략으로 기능해 왔다. 길흉화복의 점술로는 새로운 삶의 가능성을 직조할 수 없다. 그것이 〈명당〉이 전하는 '풍수지리'의 정치적 무의식이다.

항거의 언어

기미년 만세운동이 폭발적으로 융기한 지 백 년이 되는 해이다. 3·1절을 앞두고 엄유나 감독의 〈말모이〉(2019.1.9), 김유성 감독의 〈자전차왕 엄복동〉(2019.2.27), 조민호 감독의 〈항거: 유관순 이야기〉(2019.2.27)가 거의 동시에 개봉한 것은 우연이 아니다. 이들 영화는 조선 반도의 고단한 역사와 민족적 저항 정신을 복원하고 있다.

너무나 당연한 것이지만, 3·1 만세운동은 박제화된 유물이 아니다. 그것은 '이후post'의 식민지를 살아가는 우리에게 종속화된 삶 '너머post'를 상상하게 하는 사유의 계기가 된다. 역사적 사건을 대중적 어법에 맞게 각색한 3·1운동 100주년 3부작이 비평적 의제로 다루어져야 하는 당위이기도 하다.

그중에서도 특히 〈말모이〉가 주목되는 까닭은—〈암살〉이나 〈밀정〉과 같은 무력투쟁이나 〈동주〉나 〈박열〉과 같은 염결한 실존주의나 아나키즘이 아니라—, 민족공동체의 결속적 심리 구조를 형성하는 언어적 투쟁 양상을 보여주고 있기 때문이다. 1942년 '조선어학회 사건'을 모티프로 삼고 있는 이 작품은,

일제의 민족어 말살 정책에 맞서 '말모이' 편찬을 주도했던 국어학자들의 문화적 항거를 재조명하고 있다.

주지하다시피, '말모이'란 사전을 뜻하는 순우리말이다. 일제 말기 조선어 사용이 금지되고 조선어 과목이 폐지되면서, 우리 민족의 언어는 폐기될 상황에 직면한다. 영화에 등장하는 주인공 김판수(유해진)와 아들 덕진(조현도)은 이러한 식민지 현실을 표상하는 소시민적 인간형이다. 판수는 독립보다 돈벌이가 시급한 가장일 뿐이며, 덕진은 일본식 국어교육에 순응하며 살아갈 수밖에 없는 취약한 소년이다.

이와 달리, 영화에 등장하는 조선어학회 대표 류정환(윤계상)과 조갑윤(김홍파), 박훈(김태훈)과 구자영(김선영) 등은 일제의 억압과 감시에도 불구하고 사전 개발을 포기하지 않는 지사적 인간형이다. 이들이 이극로 선생을 비롯한 실제 조선어학회 회원들을 모델링하고 있다는 사실은 짐작할 수 있지만, 영화 속 캐릭터와 역사 속 인물을 곧장 대응시키는 것은 무리이다.

일각에서 지적하고 있는 것과 달리, 영화 <말모이>의 핵심가치는 역사적 사실에 대한 연구나 전기적 고증에 있지 않다. 오히려 이 작품의 주제의식은 각색된 인물에 의해 부각된다. 조선어학회의 사환 김판수가 그 예다. 류정환과 김판수는 상당한 갈등을 겪는다. 판수는 가난한 문맹자이며, 정환은 친일파 아버지를 둔 인텔리겐차이다. 두 사람 사이에는 지식인과 까막눈, 부르주아와 프롤레타리아, 지사와 범부라는 격차가 존재한다.

양자의 교육적 수준과 계급적 차이를 포월하는 공통의 조건이 있는데, 그것이 바로 '조선어'이다. 서양사학자 장문석의 『민족주의』(책세상, 2011)에 따르면, 민족을 정의하고 분류하는 입장은 두 가지로 나눌 수 있다. 첫째 객관적 접근이다. 같은 언어를 사용한다는 것은 공동체 구성원의 민족적 동일성을 보장해주는 명확한 근거가 된다. 무지몽매한 김판수가 '조선어'를 배워가는 과정은, 민족적 공통감각을 획득하는 변화의 여정이라 할 수 있다. 둘째, 주관적 접근 방식이다. 민족공동체에 대한 소속감은 객관적 요소와 함께 정서적 결속감을 바탕으로 입안된다. 베네딕트 앤더슨의 저 유명한 '상상의 공동체'라는 표현은 이 분류에 해당하는 말이다.

류정환과 김판수, 혹은 지식인과 소시민 계급이 마음을 모아 조선어사전을 간행하기 위해 고군분투하는 행위는 민족공동체에 대한 주관적 인식을 함양하는 것이며, 그것은 '조선어=민족어'라는 문화적 인식에 입각하여 확립된다. 류정환이 조선팔도의 언어를 수집하여 '조선어 규범'을 제정하고자 하는 데서 알 수 있듯, '말'을 모은다는 것은 특수집단의 언어적 특질을 연구하고 집대성하는 학술적 작업에 국한되는 것이 아니라, 민족공동체 구성원의 연대감을 담보할 수 있는 객관적, 주관적 지표를 마련하는 일이다.

엄유나 감독의 〈말모이〉가 근자에 개봉한 일제강점기 시대물과 변별되는 대목은 이 지점이다. 지금도 사용하고 있는 '조선어=민족어=한국어'의 전수란 민족의식을 집결시키는 연대와 항거의 구심체가 된다. 영화 〈항거〉에서 '대한독립 만세'라는 벅찬 표현을 통해 민족의식을 고양시키고 있다면, 〈말모이〉에서는 신분과 계급을 뛰어넘는 조선어사전 편찬에 대한 의지를 통해 이를 객관화하고 있다. 이와 같이, 제국주의적 언술 체계에 의해 종속화되어 있는 식민지 지배질서를 타격하는 항거와 연대는 '말'의 한계를 극복하는 데서부터 시작된다.

다만 우려하는 바와 같이, 일제강점기 시대물의 민족주의적 한계에 대한 비판은 피해갈 수 없다. 이는 〈말모이〉에서도 중요한 탐문 과제가 된다. 인문학 연구에서 내셔널리즘nationalism이라고 부르는 민족주의는 대체로 죄악시되곤 한다. 민족주의는 타자에 대한 배타적 무기가 되거나, 민족 내부의 계급투쟁을 무화하는 국민 통치의 기율로 작동하기 때문이다. 민족주의의 폐해를 지적하는 정치적 입장은 다문화주의나 탈민족주의에 입각한 경우가 많지만, 그것은 사실 파시즘이나 나치즘과 같은 극성적 민족주의에서 기인하는 바가 크다. 극성적 민족주의와 저항적 민족주의는 구분되어야 한다. 20세기 초 반제국주의 문화운동의 공통 지대에 네이션의 강령이 들끓었다는 사실을 간과해서는 안된다. 굳이 로버트 영의 『포스트식민주의 혹은 트리컨티넨탈리즘』을 인용하지 않더라도, 아시아, 아프리카, 라틴아메리카 세 대륙의 변혁적 마르크스주의가 반식민 민족운동과 연대하면서 제국주의에 대한 저항 가능성을 정초해 왔다는 점은 잘 알 수 있다.

다시 봄이 도래하였다. 그러나 세상은 한 치 앞도 분간할 수 없는 스모그에 포위되어 있다. 재난에 가까운 미세먼지 탓을 하는 게 아니다. 정치적 광복은 이루었으나, 대한민국의 주권은 온전하게 회복되었다고 말하기 어렵다. 탈식민주의 문화연구자들은 이를 해방 '이후post'의 식민성, 다시 말해 포스트식민주의라 부른다. 동북아 국제정치의 영향력과 미국의 경제적 압박은 오히려 심화되었다. 해방은 되었으되, 전 지구적 자본주의의 통치 시스템은 기각되지 않았다. 한반도 분단의 참담한 고통을 우리 손으로 종언할 수 없다는 갑갑한 현실, 이것이 민족주의를 타고 넘어 식민지 '너머post'를 다시 사유해야 하는 이유이다.

우리는 여전히 식민지 '이후'를 살아가는 존재들이며, 동시에 식민화된 삶 '너머'를 꿈꾸는 주권자이다. 아주 오랫동안, 어쩌면 매일매일. 한동안 그렇게 말이다.

주술적 믿음에 관하여

영화가 끝나고 엔딩 크레딧이 올라가자, 뒷좌석에 앉은 관객이 불평을 하며 자리에서 일어난다. 나홍진 감독의 <곡성哭聲>(2016)이 도무지 무슨 내용인지 이해하기 힘들다는 말투다. 아마도, 나 감독의 전작에 대한 스키마 때문일 터이다. <추격자>(2008)와 <황해>(2010)에서 보여준 박진감 넘치는 사건 전개와 리얼한 추격신을 기대한 관객이라면, 이 작품의 낯선 서사 구조와 주제 의식이 이질적이고 모호하게 느껴질 만도 하다.

필자 역시 복잡하게 얽혀 있는 서사 구조 때문에 영화를 보는 내내 긴장을 놓을 수 없었다. 영화 도입부의 '미끼'를 끼우는 장면에서 확인할 수 있듯, 이 작품은 '이게 정답(범인)이네!'라는 우리의 확신을 수차례 배반하며, 다시, 그리고, 끊임없이 우리에게 '그것이 진짜 정답(범인)이냐?'라고 되묻고 있다. 영화 <곡성>이 정해진 범인, 혹은 정답을 찾아가는 '추리 서사 형식'의 일반적 스릴러물과 변별되는 것은 이 지점이다.

영화평론가 정한석은 일찌감치 <곡성>의 서사 구조를 "회귀의 질문에 의지"(정한석, 「'곡성' 나홀로 유감」, 『국제신문』, 2016.5.19.)하고 있는 '후던잇whodunit 구조'라고 명료하게 해설한 바 있다. 나는 그의 논평에 대부분 동의하면서도, 한편으로 <곡성>이 '후던잇 구조'를 와해하고자 하는 서사적 시도라는 점을 보태고 싶다. 정격적인 '후던잇 구조'란, 기실 미스터리 플롯을 구성하는 고전적인 서사 방식이다. 그래서 '후던잇 구조'는 '범인(정답)'을 특정하고, 이를 뒤쫓는 '추격전'의 형식을 취할 수밖에 없다. 하지만 이 영화의 핵심 질문은 '누가 범인(정답)'이냐에 있지 않다. 왜냐하면 '무속인 일광'과 '외지인'의 공모 관계를 짐작하게 하는 엔딩 장면 이후에도, 사건과 사건 사이의 인과 관계가 매끄럽게 해명되지 못하는 부분이 여전히 존재하기 때문이다.

그렇다면 일부 언론과 대중매체에서 요란을 떨고 있는 것과는 달리, <곡성>의 줄거리를 노출시키는 행위('스포일러')는 사실 그리 대단한 문제가 아니다. 질문에 대한 답이 본래 존재하지 않거나 매우 다양한 형태로 재구성될 수 있기 때문이다. 즉, 영화 <곡성>의 질문 구조는 '나선형'을 띠며 모호한 형태로 반복될 뿐이다. 나선형의 질문 구조는 어떠한 대답도 다시 '원점'으로 복귀시키는 특징을 지니고 있다. 그래서 이 작품은 관객의 질문 방식에 따라 다양하게 독해될 수 있다. 극영화의 고전적 플롯은 '갈등의 절정'을 향해 치닫는 것이 일반적이다. 하지만 영화 <곡성>은 말끔한 서사적 결말을 향해 달려가고 있지 않다. 대중 관객과 일부 평론가가 느끼는 배신감(혹은 유감)과 당혹감이란, 바로 이러한 플롯의 인과성 위반에서 발생하는 것일 테다.

실제로, 〈곡성〉은 기존의 극영화가 부여하는 서사적 규칙을 비트는 부분이 상당히 많다. 하지만 나홍진 감독이 전작에서 극영화의 문법을 충실히 재현하고 있었다는 점을 고려한다면—신작이 이전 작품에 비해 '친절하지 않은 것'은 사실이지만—, 이를 내러티브 전략의 '실패'로만 단정할 수는 없다. 이러한 주장의 방증은, 이 작품이 '확실한 믿음'에 대한 '질문'과 '위반'으로부터 이야기를 시작하고 있다는 데서 찾아볼 수 있다. 〈곡성〉은 '누가복음 24장 37~39절'을 표사로 삼고 있다. 신에 대한 믿음조차도 '확실한 것'일 수 없다는 도전적 질문, 어쩌면 '신성 모독'에 이를 수 있는 〈곡성〉의 도입부는 그래서 예사롭지 않다. 인간은 '우리 자신'이 '진짜'라고 믿는 것만을 '사실'과 '진실'로 수용한다는 점을 나 감독은 끊임없이 질문하며, 또 반복해서 보여주고 있는 셈이다. 그리고 우리의 '믿음'이 타자에 대한 '의심'과 '불신'에 기반한 '허구적인 것'일 수 있음을 통렬하게 까발린다. 〈곡성〉의 스토리 라인에 부합하는 형식으로 나선형 서사 구조를 채택한 것은 이 때문이다.

주인공 종구를 파국으로 내모는 것은 잘못된 믿음(혹은 '의심')이다. 종구의 불확실한 의심이 절대적 믿음으로 육화되는 순간, 종구와 마을 사람들의 일상은 주술적인 것에 포획되고 사로잡힌다. 인간은 합리적 의사소통을 기반으로 공동의 삶을 유지하는 이성적인 존재처럼 인식되지만, 여전히 전근대적 삶의 방식을 벗어나지 못한 위태로운 존재라는 사실을 영화 〈곡성〉은 잘 보여주고 있다. 특히, 종구의 몰락을 불러온 '확신에 찬 믿음'이 이방인(외지인)에 대한 '불신'으로부터 시작된다는 것은 무척 중요하다. 종구의 딸 효진이 독버섯에 중독되어 환각 증상을 보일 때도, 종구 식구들은 효진을 '곡성' 바깥에 있는 큰 병원으로 옮길 생각을 하지 않는다. 곡성이라는 공간이 '첩첩산중'의 이미지로 형상화되고 있는 것과 같이, 주인공 종구의 '의심'과 '불신'이라는 싹은 폐쇄적 커뮤니티 속에서 더욱 크게 자라난다.

'폐쇄적 커뮤니티'는 소문과 비사를 (재)생산하는 중요한 조건이다. 외지인에 대한 의심과 불신은 차츰 커져, 그것은 일자一者로서의 강렬한 '믿음'으로 구축된다. 일본에서 왔다는 외지인, 즉 알 수 없는 존재에 대한 공포와 두려움은 '선善'과 '악惡'이라는 물음 앞에서 손쉽게 타자를 '악마'의 형상으로 육화시킨다. 즉, 종구의 '의심'은 어느 순간 확실한 '믿음'이 되어 타자에 대한 '불신'과 '추방'의 논리로 작동하는 것이다. 그렇다면 '불신'의 대상은 누구인가? 그것은 신일 수도 있으며, 인간일 수도 있다. 중요한 것은, 그 대상이 누구냐가 아니라, 이와 같은 '어긋난 믿음=의심=불신'이 인간의 파국과 몰락을 초래하는 궁극적인 원인이 된다는 점이다. 이는 무명과 외지인의 마지막 대사에서 잘 드러난다.

그렇다면, 〈곡성〉의 말미에서 견고한 육체성을 획득하는 '악마성'이란 무엇인가? 그것은 이 영화의 등장인물과 관객의 공모 구조 속에서 창출된 '적대적 환상'과 '주술적 믿음' 그 자체이다. 이는 종구가 외지인을 '범인'으로 확신하는 과정이 다소 갑작스럽고 합리적이지 않다는 데서 잘 알 수 있다. 근대 사회의 '생명 정치(혹은 주체를 관리하고 통제하는 권력)'를 실행하는 '경찰' 종구가 '주술적인 것'에 함몰되거나 또 그것에 휘둘리는 장면은, 결국 근대적인 문명의 외투를 입은 인간의 '신념과 믿음'이라는 것이 얼마나 불확실하고 취약한 것인지를 자각하게 한다. 그래서 외지인과 일광의 공모 관계를 상상하게 하는 결말부의 단서는 또 하나의 '미끼'일 수 있다.

〈곡성〉의 엔딩 컷은 확실한 범인의 지목이나 단서 제시가 아니라, 우리 사회의 '주술적 믿음'이 내장하고 있는 허구성과 공모 구조에 대한 근본적인 질문에 더 가깝다. 범인에 대한 심문과 추격이 '끝났다!'라고 생각할 때, 다시 질문을 빙글빙글 돌려 원점으로 회귀시키는 '소라형'(나선형)의 이야기 방식이 단순히 극영화의 문법적 일탈로만 이해되지 않는 이유이다.

부서진 강남몽

〈강남 1970〉(2015)의 유하 감독이 시인이라는 것은 꽤 알려진 사실이다. 물론 중요한 것은 유하가 시인이라는 사실 자체가 아니라, 그가 1990년대의 한국문학 담론을 이야기하는 자리에서 빼놓을 수 없는 중요한 작가 중 한 명이라는 점이다. 이념과 대의, 혁명과 전망의 시대가 몰락한 1990년대는 '소비의 시대'였다. 동구권 몰락 이후 서구의 대중문화가 쓰나미처럼 몰려왔고, 한국의 청년들은 이념적 좌표를 잃고 환락의 덫으로 빠져들었다.

하지만 유하는 이와 같은 현상을 '하위문화'의 포섭이나 욕망의 과잉으로 읽지 않았다. 오히려 그는 1990년대의 대중문화적 성장을 새로운 세대의 탄생으로 이해하였다. 시집 『세운상가 키드의 사랑』과 산문집 『이소룡 세대에 바친다』에서와 같이, 유하에게 1990년대는 '세운상가 키드'의 성장과 '이소룡 세대'의 등장이 전면화된 시기였다. 이것은 유하의 영화 곳곳을 장식하고 있는 복고적 미장센에서 잘 드러난다. 그래서 유하의 영화는 과거에 대한 단순한 향수가 아니라, 뉴에이지들의 성장과 출현을 가능하게 한 물적 기반의 전람회와 같다.

그는 일상의 소품과 작은 장면까지 언어(이미지)화하는 능력을 지니고 있다. 우리는 시집 『무림일기』, 『바람부는 날이면 압구정동에 가야한다』, 『세운상가 키드의 사랑』, 『천일馬화』 등을 읽으며, 현대 사회의 욕망과 결핍이 어떻게 일상의 자질구레함 속에서 재발견되고 재창조될 수 있는가를 목격할 수 있다. 그 자질구레함은 너무도 익숙한 것이어서, 과연 이런 게 문학이나 영화가 될 수 있을까를 고민하게 할 정도이다. 하지만 유하는 그것을 문학언어로 만들었고, 더 나아가 영상언어로 재구성하였다.

영화 〈바람 부는 날이면 압구정동에 가야 한다〉(1993)와 〈비열한 거리〉(2006)에서 확인할 수 있듯, 그의 영화는 '거리'의 풍경을 포착해내고 있다. 거리는 삶의 터전이고 토대이다. 유하는 1990년대의 황량한 도시 거리를 '환멸의 형식'으로 형상화하였다. 하지만 이는 현대 문명에 대한 도식적 비판이 아니다. 왜냐하면 유하가 입감한 '거리'는 숭고한 '의리'로 하나가 되는 통합의 길이 아니라, 배반의 음모로 수군거리는 분열의 거리(〈비열한 거리〉)이기 때문이다. 또 그것은 순결한 사랑과 결혼을 꿈꾸는 조화의 장소가 아니라 욕망과 이별이 점철되어 있는 불화의 공간(〈결혼은 미친 짓이다〉, 2002)이기도 하다.

이와 같이, 유하의 문학과 영화는 고상하게 '포장'되어 있거나, 혹은 숭고하게 '고양'되어 있는 사회적 통념에 대한 재인식에서 출발한다. 이는 〈강남 1970〉의 경우에도 마찬가지이다. 〈강남 1970〉은 '절대적 부富'의 상징 공간으로 성화聖化되어 있는

'강남'의 성립 기원을 추적하여 탈성화하고 있다. 이 작품은 국가의 장기적인 도시개발 계획에 의해 공정하게 진행되어야 할 '신도시 개발 사업'이 사실은 저잣거리 모리배들의 '부'를 축적하는 수단으로 기능했음을 직파하고 있다. 강남몽夢에 대한 유하 감독의 냉담한 시선은 특히 주인공 종대(이민호)와 용기(김래원)의 혈연주의, 혹은 가상의 형제애와 가족주의가 파탄 나는 장면에서 극대화된다. 말할 것도 없이, 이 장면은 〈비열한 거리〉를 연상시킨다.

〈강남 1970〉은 '부(땅)'를 독점하기 위한 '지배-수탈'의 과정을 담고 있다. 한국에서 강남은 교육과 문화의 중심지로 인식되고 있다. 하지만 유하 감독은 강남이 원주민의 '땅'을 탈취하여 구축한 '부의 허상'일 뿐이라고 말한다. 교육문화의 일번지인 '강남'은 대지를 상징적으로 지배하고 경작하는 '투기의 논리' 속에서만 지속될 수 있다는 것이다. 문화의 어원에는 '땅'을 지배하고 탈취하는 '식민colony'의 형식이 내재화되어 있다. 땅, 다시 말해 대지의 탈취와 식민화야말로 우리의 일상을 지배하는 가장 내밀하고 효과적인 방법이다. 그렇다면, 유하 감독이 〈강남 1970〉에서 비판하고자 하는 것은 명확하다. '강남'의 영토를 자본의 성소로 신성화하고, 그 이미지를 영속화하고 있는 현대인의 '욕망'과 '식민성'을 겨냥하고 있는 셈이다. 물론 유하가 욕망 자체를 불온한 것으로 인식하는 것은 아니다. 그가 표적으로 삼고 있는 것은 사적 욕망을 통해 공적 가치를 훼손하는 자본의 욕망이기 때문이다.

그렇다면, 현대 자본주의의 헛된 욕망과 식민화의 논리를 격파하는 방법은 무엇일까? 아마 첫 시집 『무림일기』(중앙일보사, 1989)의 유하 시인이라면, 세상의 모순과 부조리를 평정하는 강호의 고수들을 호명할 것이다. 그는『무림일기』에서 한국 사회를 강호의 도道가 추락한 '무림武林'의 세계로 묘사하고 있다. 이는 문학만이 아니라, 영화에서도 마찬가지이다. 그는 〈말죽거리 잔혹사〉(2004)에서 학교를 '유신 교육의 장'으로 그리고 있다. 군사 체제를 통째로 이관해 놓은 듯한 '학교'는 억압과 폭력의 공간이다. 군부 독재의 알레고리로서 사용되고 있는 '말죽거리의 고등학교'는 이문열의「우리들의 일그러진 영웅」이나 전상국의「우상의 눈물」을 환기한다. 하지만 이들 작품과 달리, 유하 감독은 '말죽거리'에 이소룡의 현신인 현수(권상우)를 등장시켜 악당들을 물리친다. 이는『무림일기』에서 '구원의 장풍'을 통해 강호의 도를 회복하는 시적 응전과도 다르지 않다.

이와 같이, 유하 감독의 초기작은 '선/악'이라는 선명한 이분법적인 구도 속에서 적惡을 무너뜨리는 홍콩 누아르나 무협영화를 상상하게 한다. 이런 경향의 최종 결정판이 〈말죽거리 잔혹사〉이다. 하지만 그는 더 이상 영웅을 기다리지 않는다. 이소룡의 죽음 이후 우리를 구원해줄 메시아는 도래하지 않는다고 믿기 때문일까? 어쨌든, 이제 유하 감독은 영웅의 현현을 통해 세계의 모순을 변혁하고자 하지 않는다. 그는 냉정한 태도로 현대 사회의 욕망과 폭력을 묘사할 뿐이다. 근작 〈강남 1970〉은 이러한 경향을 잘 보여주는 작품이다. 주지하다시피, 이 작품은 강남몽夢의 판타지와 자본주의적 욕망을 직접 겨냥하고 있다. '종대'와 '용기'는 자신의 삶터를 분양받지 못한 '셈 바깥의 존재'이다. 그들은 '땅'을 얻기 위해 불법과 폭력도 서슴지 않는다. 하지만 종대와 용기의 결핍은 '투기'와 '폭력'의 방식으로 대리 보충될 수 있는 것이 아니다.

유하는 〈강남 1970〉에서 강남몽夢은 단순한 '사회 현상'이 아니라, 우리 사회를 병들게 하는 '사회 병리'라고 말하고 있는 듯하다. 하지만 '강남(땅)'을 소유하기 위한 헛된 시도(강남몽), 혹은 강남으로 표상되는 '부(자본)'의 축적 시스템을 비판하는 〈강남 1970〉의 언어는 지나치게 선정적이다. 물론 이 작품의 '선정성'은 불필요한 성애 장면과 폭력적 이미지의 반복 때문만은 아니다. 이러한 비판은 더 근본적인 자리에 가닿는데, 이는 성聖과 속俗의 경계를 타고 넘어 영화언어를 어떻게 '상품화'의 유인, 혹은 자본의 내적 논리로부터 구출할 수 있을 것인가 하는 물음과 직결되는 것이다.

마돈나의 역설

정말로, 나로 살기 위하여

이해영·이해준 각본·감독의 <천하장사 마돈나>(2006)는 우리 사회의 가부장적 문화와 폐쇄적인 성性 관념을 발랄한 서사와 독특한 영상미학을 통해 까발리고 있다. 이 영화의 주인공 오동구는 마돈나와 같은 가수가 되고 싶은 고교생이다. 그는 친구 종만의 가게에서 종업원 누나의 옷을 몰래 입어본 후 '나 약간 장만옥 같다'며 거울 앞에서 멋진 포즈를 취하기도 하고, 짝사랑하는 일본어 선생님께 당당하게 고백하기 위해 성전환 수술을 준비하기도 한다. 카메라의 앵글은 이런 동구의 행동을 세밀하게 보여주고 있다. 동구는 '마돈나'와 같은 섹시 심벌의 여성 가수가 되고 싶어 한다. 하지만 마돈나로 표상되는 '섹시 가수'가 되는 것보다, 더 절박하고 어려운 일은 우선 '여성'이 되는 것이다.

주인공 동구의 '마돈나(여성) - 되기'는 그래서 고난의 과정을 예고하며, 이것은 <천하장사 마돈나>라는 역설Paradox적 제목에 이미 함축되어 있다. '천하장사 마돈나'라는 제목의 구성은 '접속'의 기능보다는 '수식'이나 '전환'의 관계를 더 중시한다. 천하장사와 마돈나는 대등 접속이 아니다. 천하장사는 마돈나를 수식한다. 그러므로 '천하장사'로서의 삶은 '마돈나(여성)'가 되기 위한 하나의 방편일 뿐이다. 동시에, 이는 육체라는 기표를 통해 규정되는 젠더 정체성을 '전환transgender'시키는 역할을 한다. 즉, '천하장사 마돈나'의 수식과 전환 형식은 단순히 수사적인 맥락만을 의미하는 것이 아니라, <천하장사 마돈나>의 서사 구조와 내용을 암시하는 상징적 표지인 것이다.

주인공 동구의 신체는 천하장사의 조건을 갖고 있지만, 그의 정신과 마음은 여성적인 것에 더 가깝다. 동구에게서 여성과 남성, 남성과 여성의 이미지가 착종되어 나타나는 것은 아주 자연스러우며, 그래서 동구의 '여성-되기'는 몇 번의 도전과 실패를 통해 힘겹게 모색될 수밖에 없다. 동구는 막노동을 통해 성전환 수술비를 마련하고자 한다. 하지만 이 순진한 계획은 그동안 모은 돈을 아버지의 폭행 사고를 수습하는 데 써버림으로써 실패한다. 또 동구는 고교 씨름 대회에서 우승을 하면 장학금을 받을 수 있다는 사실을 알고 씨름부에 가입하지만, 첫 연습경기에서 크게 패하고 만다. 특히 결정적인 사건은 동구의 첫사랑이 좌초되는 장면이다. (일본어 수업 시간의 판타지와 누룽지맛 사탕이라는 소품에서 확인할 수 있는 것처럼) 동구는 일본어 선생을 사랑하고 결혼까지 꿈꾼다. 하지만 일본어 선생이 다른 여교사와 결혼하게 됨으로써 그 기대와 환상은 무너지고 만다.

동구의 시련과 아픔은 청소년의 삶과 성적 아이덴티티를 어떻게 이해하고 나눌 것인가에 대한 진중한 물음을 담고 있다. 〈천하장사 마돈나〉를 성장영화로 해석하더라도 무리가 없는 이유이다. 하지만 이 작품은 통상적인 성장영화와는 그 성격이 무척 다르다. 그 까닭은 〈천하장사 마돈나〉에 등장하는 인물들의 성격과 성장 과정이 젠더적 시각을 바탕으로 한 정교한 물음들로 조형되어 있기 때문이다. 종만은 "세계적인 ○○가 되고 싶다"고 말하며—비록 그것이 매우 조악한 수준이기는 하지만—, 신문기자, 씨름선수, 랩 가수 등 다양한 동아리 활동에 참여한다. 하지만 씨름부에 가입한 동구의 경우는 다르다. 동구는 무엇이 되고 싶어서 씨름부에 가입한 것이 아니기 때문이다. 동구가 씨름을 하는 이유는 "뭐가 되고 싶은 게 아니라, 그냥 살고 싶"어서이다. 그러니, 주인공 동구에게 '마돈나(여성)-되기'는 출세와 입신, 혹은 육체적 성장과 사회적 인정 투쟁의 과정이 아니라, 오직 자기 자신의 삶을 살아내기 위한 실존적 고민이자 생의 고투에 가까운 것이다.

〈천하장사 마돈나〉는 이렇듯 성장 드라마의 형식을 취하고 있지만, 젠더 정체성의 문제를 가족사적 시각에서 조망하고 있기도 하다. 동구의 '여성-되기'를 끝까지 반대하는 인물은 아버지이다. 그래서 동구의 정체성 찾기는 결국 아버지와의 대결을 피할 수 없다. 너무도 당연하지만, 이때의 아버지는 한 개인을 의미하는 것이 아니다. 이 영화에서 묘사되고 있는 것처럼, 아버지는 가족을 위해서라면 언제나 자존심을 굽힐 수 있는 존재이다. 그러니 <천하장사 마돈나>에 등장하는 아버지는 사적인 존재가 아니다. (영화 전반부와 후반부에 등장하는 포크레인의 이미지에서 확인할 수 있듯이) 이 영화에서 등장하는 아버지는 매우 폭력적이고 거대한 힘을 지닌 세계의 규칙, 다시 말해 우리 사회를 유지시키는 견고한 질서/체계를 상징한다. 이 질서는 가부장적인 것이기도 하고, 보수적인 '성 이데올로기'이기도 하며, 또 남성 중심주의적인 삶의 방식이기도 하다. 어느 것이든, 이 영화에서 아버지는 동구의 각성과 변화를 막아서는 사회적 바리케이드로 그려진다.

그래서일까? 영화 도입부에서 아버지는 외계에서 온 괴물처럼 그려진다. 도입부 로우앵글의 수직적 구도에서 확인할 수 있듯이, 거대한 포크레인을 탄 아버지는 폭압적 시대에 좌초한 부성이자, 동시대의 폭력(성)을 내리 물림하고 있는 존재로 표상된다. 하지만 동구는 아버지의 폭력에 겁먹거나 순응하지 않고—아버지의 폭력에 대항하는 동구의 비폭력성은 패륜의 형식을 벗어나 있다—, 자신만의 방식으로 아버지(기성 질서)의 폭력에 맞선다. 영화 후반부에 다시 등장하는 포크레인 장면은 그것을 잘 보여주는 예이다. 도입부에서와 달리, 동구는 포크레인의 찍어누름을 온몸으로 버텨낸다. 카메라는 앞의 장면과 동일하게 로우앵글을 취하고 있지만, 동구는 위에서 내리치는 폭력과 위협을 피하지 않고 두 팔을 벌려 당당하게 맞선다. 그 주체적 버팀이 동구가 할 수 있는 유일한 저항의 형식인 것처럼 말이다. 동구의 물러서지 않는 태도를 본 아버지는 더욱 격분하고, 동구를 무차별적으로 폭행한다. 하지만 동구는 씨름부에서 배운 '뒤집기' 기술을 사용하여 그 폭력으로부터 스스로 벗어난다.

동구의 이 뒤집기는 단순한 씨름 기술이 아니다. 그것은 우리 사회의 지독한 편견과 차별로부터 벗어나기 위한 필살의 카운터펀치이자, 폭력적이고 배타적인 '정체성 정치'로부터 탈주하는 독립 선언이다. 이것이 사회학에서 말하는 젠더 정치의 미학적 실천이라는 점은 중요하지 않다. 정말 중요한 것은, 지금도 여전히 사회적 약자와 성 소수자의 삶이 이보다 훨씬 더 교묘한 방식으로 억압받고 있다는 사실이다. 이것이야말로 <천하장사 마돈나>가 제기하고 있는 '성장의 다른 물음'이 아닐까.

함께 부서질 그대가 있다면

지은이	박형준
초판 1쇄 발행	2020년 08월 15일
펴낸곳	호밀밭
펴낸이	장현정
편집	박정오
디자인	최효선
마케팅	최문섭
종이	세종페이퍼
인쇄제작	영신사
등록	2008년 11월 12일(제338-2008-6호)
주소	부산 수영구 광안해변로 294번길 24 B1F 생각하는 바다
전화, 팩스	070-7701-4675, 0505-510-4675
전자우편	homilbooks@naver.com

Published in Korea by Homilbat Publishing Co, Busan.
Registration No. 338-2008-6.
First press export edition August, 2020.
Author Park Hyung Jun
ISBN 979-11-970222-8-9 03810

※ 이 도서는 한국출판문화산업진흥원의 '2020년 우수출판콘텐츠 제작 지원'사업 선정작입니다

이 도서의 국립중앙도서관 출판예정도서목록(CIP)은 서지정보유통지원시스템 홈페이지(http://seoji.nl.go.kr)와 국가자료종합목록 구축시스템(http://kolis-net.nl.go.kr)에서 이용하실 수 있습니다. (CIP제어번호 : CIP2020029325)